首發!
本土創作
那年他們的
快

那年他們的快樂話兒 1

作　者：薛該兒 Sugoii

出　　版：真源有限公司

地　　址：香港柴灣豐業街 12 號啟力工業中心 A 座 19 樓 9 室

電　　話：（八五二）三六二零 三一一六

發　　行：一代匯集

地　　址：香港九龍大角咀塘尾道 64 號龍駒企業大廈 10 字樓 B 及 D 室

電　　話：（八五二）二七八三 八一零二

印　　刷：美雅印刷製本有限公司

初　　版：二零二四年十月

如有破損或裝訂錯誤，請寄回本社更換。

PRINTED IN HONG KONG

ISBN：978-988-76536-9-1

目錄

中伏

1

「月租二萬二，七百呎，正常市價。你看如何？如果不合心水，我手頭上還有多一、兩個租盤有匙，可去看看。」

「這裡我可以即日搬入嗎？單位內的傢俬電器，會清走？還是可以留給我用？」

「沒問題，隨你喜歡。你歡喜清走就清走，你不介意二手，清潔一下，可即時入伙。」

「即是說，二萬二傢電全包？日後任何折舊損毀，我不用負責？」

「是是是，不用負責。」

「裝修呢？要保持簽約時原貌？」

「你看，這裡基本上跟新裝一樣，相信用不著再搞什麼裝修了吧！」

「也是。看上去的確很新淨，上手住了多久？」

「半年多。」

「上手租客大概廿歲出頭，聽左右隔籬說，似乎沒有女朋友，也沒人上門找他，通常一個人出入。沒有寵物，單身寡仔，乾淨企理，交租準時，這種租客，絕無僅有。誰不知有日他一次過付了3個月租金，隨後就人間蒸發。現在死約期滿也個多月，算起來這單位也丟空了7個月。說來也奇怪，七個月頭，沒人打掃，竟然保持這麼乾淨，找粒塵看看也艱難。

就這樣吧，你周圍慢慢看，我在露台等你，沒問題就在這裡簽約。我年紀大了，沒記性，又怕走來走來，走多幾轉，腦筋也跑到亂。所以我周之無日都把租約、圖章隨身攜帶。

「對了，你貴姓？談了這麼久，忘了請教？」

「薛。」

「蝕？」

「薛。薛仁貴的薛。」

「嫌貴？哦，嫌貴的話，你想減多少？現在先減，兩年後加回，又是一條數。」

「這個男人……就是上手租客？全屋都掛滿他的黑白照，應該是自戀狂。」

「不是不是，那不是他。上手租客偏瘦，手幼腳幼，不像這個全身肌肉，我估這些是電影海報，這些人，總是要釘爛我的牆。唉，不過，他準時交租又乾淨企理，幾口釘，就算鬼數。你會釘牆嗎？阿阿阿……丁生？」

「沒需要。現在簽約吧。」直到這一刻為止，薛哥的手，才肯離開謎一樣的黑色喇叭——號角皇者 **Klipsch**。

1.1

待業主羅庚壽離開單位，薛哥便立即 WhatsApp 香港區百大播主之一小U，明示她想上位就要識趣，上門送外賣是例行公事，不論台灣、香港，都是播主生存的潛規則。

薛哥，四十四歲，是台灣即時影音串流平台的香港區播主經理人。他是土生土長的香港人，二〇一九年因為仰慕台灣直播事業蓬勃，一時衝動，毛遂自薦當過江龍，說自己可以為平台開發香港區頻道，及有能力為頻道帶來新流量。故此，香港區頻道開播之初，薛哥也成功為頻道引入二十位有樣貌有身材有個人技能的港女播主。

論溫柔可愛，港女的確是拍馬也追不上台妹，但香港區播主於幾年間，不斷有人擠身台灣百大，這些除了是薛哥的本事之外，港區播主的才華、靈活、決心和毅力，都不是鬧著玩。絕對不是台妹只說幾句「好棒棒啊」，就夢想可以成功圈粉和收取課金的。

而這個願意山長水遠送外賣的小U，廿五歲，自知是播主界的超齡系列。在個多月前，便開始討好薛哥，希望日後得到薛哥的關照。所以，當她知道薛哥即將回流長駐香港，便自動獻身，問薛哥要什麼入伙禮物？甚至問他要不要一個特別的 house warming 派對？她的好意，薛哥統統拒絕。薛哥說什麼都不需要，只想小U帶一套素色的雙人床單連枕袋「到會」就可以了。

「西貢北港坳8B三樓，帶一套全新素色雙人床單枕袋過來。打的來，車費我付。快，4:00我要出門。」小U看看手機，心想晨早流流在哪裡買床單？她本來想回薛哥一句：小U不用床單，小U碌地沙也很開心的。不過，後來想想，當藝人最重要都是聽話。凡事不要問只要做，才是正道。於是跑到銅鑼灣francfranc買兩套天絲300針床單，一套深藍，一套淺藍。小U心想，兩套床單，不計肉金，已盛惠三千。夠聽話，夠誠意了吧？！

1·2

「叮噹！叮噹！」西貢北港坳8B三樓的門鈴響起。

「Hello！薛哥？Hello hello，這兩套床單是送給你的，小小意思。本來我有很多姊妹也想認識你，她們都很想替薛哥辦個永世難忘的 house warming party，但既然薛哥今天很忙，那就我自己先來賀賀好了。」

薛哥一直站在玄關，示意小U除掉沙灘拖。小U不夠聰明，門一開便顧著背開場白：「廢話可免則免，除鞋過來梳化坐。」薛哥看看手錶，接近下午兩點，5:00要到紅磡的話，最遲要4:00出門。他拍拍梳化，命小U坐在旁邊。

小U看了看薛哥，心想敵不動我不動，一切等待薛哥發號司令。

她留意到薛哥的一雙大腿張開≤120°，不是一個坐得自然的角度，於是她鼓起勇氣，打破沉默，她對薛哥說：「這兩套床單，法蘭西貨，天絲，300針。一套深藍，一套淺藍。我提議淺藍枕袋配深藍床單，深藍枕袋配淺藍床單。你覺得我是不是很細心呢？不如我現在就幫你鋪床單？睡房在哪？廁所在哪？要不要我先……」

看著這張合不起來，機械性地開開合合的小嘴，薛哥笑了笑。他說：「床單是我今晚用的，這些粗重功夫不用你操勞。」

「不操勞，不操勞，更操勞的擔擔抬抬，擒高擒低的，我也很到位，用家從來零負評。」

她的話實在太多，薛哥二話不說便來個一樹梨花壓海棠，並且極速闖關：「すごい（sugoi,好驚人）？」

小U很識趣，話頭醒尾，聽見薛哥一問，立即猛力點頭，並連連輕聲喊著「薛哥兒、薛哥兒」。

「薛哥」這個稱號，到底是哪個前任改的？相信薛哥早已忘記，但她真的存在過，是五．三五般的歷史存在。她在薛哥心裡的地位，肯定比其他前度的高。更正一點，「高與低」這個說法並不準確。「有與冇」、「0和1」才夠貼切。至少這二數年來，當薛哥跟心儀的獵物介紹自己時，仍會模仿占士邦：「My name is Gor，薛哥。」

「すごいすごい（sugoi,sugoi）……」

姑勿論是粵語或國語，乍聽下，「薛哥」的發音都跟日語「すごい」相近。

薛哥閉上眼睛，靜聽著一浪接一浪，伴隨著喘氣聲的「すごい」。

小U的聲底尖幼細膩，可塑性高，加上她一臉氣若游絲的表情，份外惹人憐愛。她故意把嘴唇貼近薛哥耳邊，讓他體驗一下自己多年來，從日本愛情動作片中學到的格鬥技，剛柔並重之餘，也不能忘讓情感游走於美麗與哀愁之間。

薛哥壓在她身上，她的心情如同西鐵線上的旅程，時而光明，時而黑暗，隧道裡的陰影與燈光交錯，彷彿每一次的呼吸都在掙扎。那種壓迫感讓她感到既熟悉又陌生，像是某種無形的力量在拉扯著她的心。她想起了金鐘到屯門的路，無數次的明暗交替，心底泛起一陣哀愁，隨之而來的卻又是一種難以言喻的美麗。

燈光閃爍，她的思緒如同那不斷變換的光影，一會兒沉浸在柔和的光芒中，一會兒又被黑暗吞噬。這樣的變化讓她感到窒息，又似乎釋放了某種潛藏已久的情感。她看著天花板上的燈，時而明亮，時而黯淡，如同她心中的波濤洶湧，掙扎著想要突破這層束縛。

薛哥是霸王，但此刻卻成了她手中的棋子。她攬緊他的腰，感受到那份力量的存在，然後一個翻轉，把他推向一旁。小霸王在她身下扭動，她的長髮隨著動作飛舞，像是狂風中的浪潮，在燈光下閃爍著迷人的光芒。薛哥目瞪口呆，那雙變幻莫測的「胸器」，潛藏著無限可能。

就在他試圖以雙手捕捉「胸器」時，她心中一動，計劃已久的欲擒故縱如潮水般湧現。她以內勁緊箍著小霸王，然後凌空旋轉，一百八十度的翻轉讓一切都變得模糊不清。背對著薛哥，暫時藏起「胸器」，心中卻是另一番波瀾。這是一種掌控，也是一種釋放。

隨著旋轉，她感受到心靈深處的悸動，那是對自由的渴望，也是對未來的不安。在這瞬間，她不再只是被動地接受，而是主動地創造自己的命運。光影交錯、情感波動、力量掌控，這些元素如同潮水般湧來，在她心中激起層層漣漪。

她知道，這場遊戲才剛剛開始，而她將在這片光與影之間，舒造自己的命運。

對薛霸王來說，如此秒速的體內旋轉，快而狠，爽而痛，這份介乎爽與痛的刺激，「小霸王」從未嘗過。這位美人名叫什麼？朕記住了。

看著小U白皙的玉背，薛哥坐起來狂吻，由股罅開始往上一直吻到頸背。醉翁之意不在酒，吻，只不過是一種儀式，然而，雙手的快感，才是主菜。如此波瀾壯闊的奇景，他怎麼能夠錯失？「我一定要狠狠的捉住『妳們』！」

薛哥的手如同潮水般肆意流動，游走於小U的身上，指尖在她的肌膚上劃過，猶如探險者在未知的峽谷中探索。他的手指在那條小溪口徘徊，時而沉浸於濕潤的感覺，時而又回到峰頂，像是尋找著某種失落的寶藏。每一次的接觸都是一場無聲的對話，一種無法言喻的渴望與探索。

小U的反應是自然且專業的，她仿佛被日系偶像附身似的，對於薛哥所給予的一切都毫不猶豫地接受。她的嘴唇輕輕張開，像是盛著無數秘密的小盒子，無論是指頭還是小薛本身，她都以一種近乎虔誠的態度品嚐著。每一次的品嚐都是一次心靈的交融，一種無法言喻的快感在她心底悄然蔓延。

她知道這是一場遊戲，但她卻全心投入。薛哥的手指在她身上畫圓圈，大圈小圈，隨著他心中的節奏而變化。當他感到悶了，便逐步攀升至鎖骨，再一路向上，闖入她那薄而大的嘴唇。這一切都如同流動的音樂，每一個音符都在彼此之間跳動。

小U沉浸在這份感受中，心中翻湧著複雜而微妙的情感。她不再只是被動地接受，而是在這過程中找到了自己的存在意義。薛哥的手指如同一支畫筆，在她身上勾勒出一幅幅鮮活的畫面，而她則是這幅畫中最生動的一筆。

隨著時間推移，她感受到了一種奇妙的連結，那是彼此心靈深處交融後所產生的共鳴。這片刻，她不再是孤獨的存在，而是與薛哥共同編織出一段屬於他們自己的故事。這種故事不需要言語，只需用身體去感受，用心靈去交流。

小U明白，在這光影交錯、情感交融的瞬間，她與薛哥之間建立了一種超越肉體的聯繫。這是一場探索自我與他者、欲望與滿足之間微妙平衡的旅程。每一次呼吸、每一次觸碰，都在彼此之間留下了不可磨滅的印記，彷彿時間在此刻凝固，而他們則成為了彼此世界中最重要的一部分。

在這樣的意識流中，小U與薛哥共同創造了一個充滿感官刺激和情感深度的空間，他們在其中自由地舞動、探索、沉醉，直到那份美好化作永恆。

「你很壞呀。」小U收緊溪口，決心不再讓薛哥的指頭在西隧內亂碰亂撞。

「濕度很高，小姐。」薛哥的聲音低沉而富有磁性，彷彿在一個無形的空間中迴響。他的手輕輕抬起小U的玉臀，指尖觸碰到她的尾龍骨，隨即又緊緊抓住她的雙峰。這一瞬間，小U似乎感受到了一種默契，她知趣地趴了下來，讓薛哥的手繼續深入探索。

小U發出的叫聲如同音樂中最精妙的旋律，時而柔和，時而激昂，宛如伯恩斯坦指揮下的小提琴手，在音符之間游刃有餘。每一次的呼吸都像是音樂中的一個小節，彼此交織，形成一種獨特的韻律。她的聲音在空氣中流淌，如同樂章中的高音部分，隨著情感的波動而起伏。

當伯恩斯坦左方的小提琴手逐漸加強力度時，小U的身體也隨之緊繃，感受到那股來自薛哥的熱情。後方的小號急忙漸弱，彷彿是在為小U留出更多的空間，她的心跳與音樂共鳴，彼此交融成一種無法言喻的感覺。每一次觸碰都如同樂器之間的對話，彼此呼應著。在這樣的一個瞬間，小U完全沉浸於這場獨特的交響樂中。她不再只是被動地接受，而是主動地參與，每一次反應都是對薛哥指揮的一次回應。當最後的大鼓手終極一「咚」響起時，她感到整個世界都在此刻凝固，那份快感與滿足如洪水般湧來。

大提琴手憤力拉奏跳音，那是薛哥對小U身體每一寸肌膚的探索，他用力卻又不失優雅地撥動著她內心深處的弦線。遠處鼓手準備提臂，那沉重而有力的節拍如同小U心中的悸動，一次次敲打著她的靈魂。咚咚……咚……咚……咚！每一次鼓聲都是一種召喚，她感受到那份力量正不斷增強。

直至伯恩斯坦雙腳穩穩站在指揮台上時，一切都散落四周。

Intermission。

雙方休息15分鐘後，薛哥下身圍著大毛巾，從浴室走到梳化。他坐在梳化上，才發現小U竟然睡著了。他拍醒小U。

小U：「下半場開始？」

「小U，不去沖身？」

「不用。」

「不用？為什麼？」

「不用啦，什麼都乾了。你家很通風，這些好像叫環保式設計，特別通風。剛剛經過幾輪前前後後，左左右右，上上下下，可能有點累，我睡著了，還造了個夢。」

「什麼夢？」

「我夢到燒春雞，很香，顏色燒得剛剛好。我正在思考應該如何下手，你卻來拍醒我。你看，我嘴角還有些口水漬，雖然乾了但仍有乾痕，仍刮手的，你摸摸看。」

薛哥雙手撐著頭，放聲大笑，似乎是在發洩中。他推著小U白皙的玉背：「好歹都去浴室一趟。前面轉右第一間房，開著門的。你可以不沖身，但也要漱漱口，拜託。」

幾分鐘後，小U回到薛哥身邊，她問薛哥自己表現如何？

「非常好，你不當吃播的話，簡直是暴殄天物，一於放任地去吃。我會幫你一把。」

小U很高興，她乖巧地蹲在薛哥雙膝前：「是不是要開始下半場？」

薛哥摸摸小U頭頂：「還未飽？4:00了。我要換衫出門，你也著衫吧。」

鏡頭一轉，薛哥一身黑色西裝站在廳中央的直身鏡前，小心整理頭髮、領呔。

小U嘩然：「嘩，全身黑色，送殯嗎？」

「是，送殯。」

「你突然回香港，就是為了送殯？」

「是。」

「送誰？」

「我老母。」

「真的？Wow！為什麼你娘親 Pass away，你剛才還這麼『すごい』？」

「Why not？死亡，只是一個階段。況且每個生命都是個體，互不相干。」

「薛哥，你好可怕。」

「走吧。吃播」

「嗯，薛哥，人家很肚餓，我有一個小小的請求，我可不可以留在這裡找點可以吃的？或者，不如，我在此點外賣？最多我多點些罐頭杯麵薯片汽水和啤酒？」

「好。一小時，最多留一小時，食完即走。我手機有家居 App，我知道大門的開關時間。」

1·3

靈堂上，薛哥看著母親黑白大相片，他雙手垂直，望著母親良久。他對著母親說：「媽咪，很久沒見，你好嗎？現在開心嗎？」堂上的人都以為薛哥在回憶？思考？或是反省？沒有人干擾他，大家都由他一直站在壇前，由他站到自行「回魂」為止。

家屬親友當然知道薛哥的身份，但堂倌不知。當堂倌看見一個不打算鞠躬的親友，不得不打斷他的思考。堂倌：「請低頭默禱。」幾秒過後，堂倌再說：「靜默禮成，家屬謝禮」。這個時候，薛哥才醒起自己還有一位親人在世。這位親人就是他的親弟。薛哥比親弟年長九歲，兩人一向各顧各，甚少交流。自2018年，老父離世後，他倆也沒見過面。就算是那些再見外不過的惱人短訊「Happy New Year！」，他倆的共識是，可免則免。

「哥，這邊。」弟弟跟薛哥打招呼。

「很早到？」薛哥問。

「也不是。該到的時候，才到。」

「是。」

「回來幾天？今晚住哪？要不要到我處？」弟弟問。

「不用。我不走了。暫時留在香港。」

「辭職？」

「不是。」

「住酒店？」

「今早在西貢租了屋。」

「好。」

1・4

…I know just how to whisper

And I know just how to cry

I know just where to find the answers…

隨著逐漸走近北港坳 8B，空中補給那靈魂拷問之騷靈演譯：Making love out of nothing at all LIVE 2005 多倫多 Unplugged 版就越加響亮。尤其是那句 taking aim at your eyes like a spotlight，spotlight 那「厲池」沙啞的尾音在 Russell 喉嚨內來回彈動的弦動效果。喇叭號角皇者絕對能夠把原音演繹。

自從早上跟喇叭號角皇者見面之後，薛哥一直念念不忘，他急不及待，巴不得現在就兩級兩級的跳，不不不，如果可以的話，他希望自己能擁有超能力，一躍便是3樓。

說來也甚離奇，當薛哥走到 8B 梯間，Russell 的聲音卻驟然消失。到底是誰家女兒跟薛哥來一場 Hide and Seek？引得他心癢頭痕。

此時此刻，薛哥不想亂猜了，反正入屋就能跟號角皇者見面。只要連上藍牙，莫說是俗套的空中補給，那怕是《太空漫遊 2001》的開場小號，Also Sprach Zarathustra Op. 30，薛哥也可以任意選播。

大門一開，薛哥迅步跑到號角皇者跟前，他輕撫皇者機身，微暖的，很窩心。薛哥雙手擱在這股謎一樣黯黑力量，人稱喇叭號角皇者 Klipsch 的機頂上，彷彿像抓實老朋友的肩膊，久別重逢後說聲：「Hi, bro!」

為了替皇者 Warm up，薛哥選擇了 Chi Chung's Choice……，一把比任何女性都溫柔、動人的聲音。粵語呀粵語，對喝了幾年話梅台啤的薛哥來說，永遠是最能觸動心臟的性感密碼。

「XTIE 為香港新生代創作女聲及音樂製作人，自創 “Cosmic Pop” 的曲風製作漸漸得到口碑，充滿積極和魅力的創作，更讓海內外許多媒體、電台及音樂祭皆對她有高度的關注與邀約。2023 年中參與 Grammy Awards（葛萊美獎）節目 Press Play 上的演出，並獲媒體 Rolling Stone Korea、Billboard PH 、MTV Asia、BBC Radio、NOTION 等支持。2022 年多首單曲亦曾打入本地及台灣的國際流行榜等三甲位置。推出首張專輯《APOLLO-23》後走訪英國、加拿大、韓國、菲律賓、新加波、台灣等地的巡演。XTIE 輕盈堅韌及具穿透力的獨特唱腔，以音樂宣揚自愛、擁抱作為新世代的不完美……」電台 903 傳來資深唱片騎師黃志淙的聲音。

經過一整天的舟車勞動，及幾場激烈的格鬥，薛哥回家後已窮得只剩下飢餓。他發現小

U在大廳茶几上留下一堆零食杯麵，打開冰箱，還發現一打麒麟啤。他隨手拿了一罐走進浴室，準備浸浴。

1.5

半夜三時，小黑起身如廁，他如廁、洗手、洗臉的聲浪，如入無人之境，放肆得弄醒了睡在大廳的薛哥。

浸浴後，薛哥披上毛巾，攤在梳化上點播，手機中 Playlist A 是他的試機首選，由西部牛仔音樂代表 The Good, the Bad and the Ugly 到低音重炮破膽之作 Theme for The Irishman，整個 Playlist 長達2小時49分。薛哥一手啤酒，一手大麻，喝著，隊著，睡著。

Playlist 播完了，半夢半醒間，薛哥朦朦朧朧看到一條幼黑身影，筆直的站著浴室照鏡。他擦擦眼，再看。那條幼黑身影竟然堂堂正正地倚在浴室門框。黑影具像而清晰，不似是傳說中的半透明體靈異「朋友」。

等不及薛哥咆哮，雙手交叉抱胸的幼黑「朋友」，竟先發制人：「Hi, bro!」

房

嚇

2

早上十一時四十八分。

The world is closing in

And did you ever think

That we could be so close like brothers?

大廳傳來 Scorpions 的 Wind Of Change。

睡房內，薛哥大字形地裸著趴睡在淺藍色的床單上，縱使手機裡的布穀鳥在「咕咕」、「咕咕」，足足叫了三輪，他都懶得按停手機的鬧鐘，由得小布穀繼續悅耳地叫。

咦。小布穀靜了。連大廳的蠍子樂隊也不唱了。

「Wae？」鬧鐘是鬧不醒薛哥的，但是突如其來的寧靜，向薛哥心臟施壓，泵往心臟的血管要加大兩倍的力度，才能使含氧血從心臟左心室進入主動脈。薛哥聽到自己心臟急迫敲打的聲音，驚醒了他。為什麼會沒有音樂？

聽說尼采說過 "Without music, life would be a mistake." 哲人的金句鑿醒了薛哥，他起床後，

赤條條，大剌剌地走到大廳查看喇叭號角皇者為何失聲。首先，他順藤摸瓜地檢查各音響配置的電線及電源插頭。

奇怪，一切正常。

出了什麼問題？薛哥抓著癢回睡房，找手機。

手機呢？剛剛腳掌還撐了它一下，坐在床邊時還見它懶洋洋地沉浸在床單皺塚，難道踢了它在地上？薛哥一絲不掛，雙股朝天的作地毯式搜索。

怕且是昨晚的「麒麟啤加草」過猛，「麒麟草」的威力仍干擾著薛哥大腦的正常運作，使他不得不承認嗨過了頭，以致醒來還有陣陣暈眩和貧血感。為了盡快令自己清醒，薛哥徐徐圍上毛巾，走到露台，雙臂用力撐著露台的圍欄，大口大口的深呼吸。

薛哥回想，昨晚似乎睡得很香。這裡空氣、環境真不錯。印象中，對上一回能夠沉睡十小時的，是…是……是何時？他努力地追溯著，是去年的升職加薪？是港區播主打入百大？還是 **XMTW** 升幅 **20%**？薛哥鍥而不捨地思量，想到雙肩頭幾近連起，怎也想不起來。活到這一刻，他才開始懷疑人生，看著藍天，他問：「天呀，人類，不該是累了就睡的物種嗎？**Wae**？我會睡得這麼爛，爛得每夜要靠酒精、藥物入眠？我明了。是你，一定是你嫌我幹得不夠賣力。**Okay**，我之後一定會，一定會，一定會幹一場轟轟烈烈的，獨家呈獻給你看。」

一時之激動，薛哥險些滑倒，幸好，以他廿歲×2的身手，只是右腳掌邊微微內翻，俗稱「拗柴」。小「拗」之瞬間，露台地板的清涼感和潤濕度，通過薛哥腳掌直上大腦，叮一聲的告訴他：今早，下了一場大雨。

薛哥看著天然石材的地板：「這個質料很通爽，快乾。似乎不錯租，回流的決定，不會錯，沒準這間是風水屋，未來的路應該會順風順水。」好吧，還是先找手機，才發白日夢。

真弔詭！

手機竟然高調地攤在睡床上。

薛哥拿起手機，「謎底卒之降開了」。原來號角皇者的緘默不是自作主張的，而是手機指使的。手機大神，飢餓得連1%電池都沒有，當然是無力遙距操控大廳中的任何皇者。

捧著冷冰冰的手機，薛哥決定要以QC 3.0快充端口為它極速充飢。

由0%充電至10%，大概要等20分鐘，薛哥不想白白坐在地上呆等，他決定去醫肚。站在大廳中央，審視著小U為他購置的垃圾食物，什麼蝦片、薯條、紫菜、芥末豆，根本沒有一樣能夠充飢。

此時此刻，薛哥惟有懷著世上沒奇蹟的心情走到廚房，打開冰箱，冀盼奇蹟的來臨——

竟然！這個早上似乎出現了太多「竟然」。冰箱裡，竟然有一份4吋厚的雞肉碎蛋芝士生菜三文治和一隻標明11吋的熱狗，它倆齊聲對薛哥唱出張洪量金曲，1989年作品，《妳知道我在等你嗎？》。薛哥兩眼發光地點頭：我知，我知。他直覺認定眼前的重量級三文治和特長熱狗是小U留下的。於是便啟動高效食物焚化爐模式，不消三分鐘，什麼「特長」和「重量」都變得再沒意義，一切都已被輸送到胃部準備消化。

「嗝。」半秒後，再來一「嗝」。第二聲往往比第一聲大，乍聽下，節奏跟Netflix的開台音效「燉凳」一樣明快。進食速度過快，薛哥便會打「孖嗝」。第二「嗝」後，一股酸氣由上消化道，經由食道湧出口腔。這股濃烈的酸臭，令他想起昨晚好像曾經抱著座廁嘔吐過。但是，當他走到廁所檢查後，廁盆令亮而帶白梨花味，估計嘔吐的印象，只是多年來累積的肌肉記憶。人在廁所，薛哥想起今早還未刷牙，便潛意識地走到行李箱找牙刷——

牙刷、鬚刨、洗臉乳呢？旅行隨身包內，竟然空空如也。隨身三寶都跑到哪裡去？薛哥百思不得其解，又謎頭謎腦地截返廁所，以清水簡單的漱口洗臉算了。

Wait，怪事又再發生！

正當薛哥打算用食指作牙刷之際，他發現竟然有人已經替自己擠好牙膏，還用漱口杯蓋住，備用。而其餘二寶：鬚刨跟洗臉乳，亦整齊放置在臉盆旁邊。薛哥心想：這個小U如此細心，看來真的要認真構思如何助她上位。

撫摸著小U為自己挑選的天絲300針床單，不禁想起「工欲善其事，必先利其器」。薛哥看著自己一雙手掌，的而且確，平日只會指指點點打打鍵盤的十根指頭，很久沒像昨天一樣充實過。脂肪跟矽膠的分別，好比鴨血跟豬紅，入口即知。話說回來，昨天真的細味過，並且嗅得到在大峽谷迴盪著的淡淡龍井味。補充說明：是乳前龍井。

他翻閱吃播小U的個人資料，知道她是獅子座，便不其然喃喃自語起來：「獅子座，獅子座的女人麻煩，愛威，但勝在有義氣。要我幫她，所以她先來幫我。不過，她的舉動確實比老母貼心。」

「明天吧，明天找人替她改Look，後日約本地打手裝粉。以後的路，就要看她自己的造化了。」正所謂人心肉做，薛哥已不知不覺開動了他的724工作引擎。

2.1

下午3:30，薛哥一身minimal街坊打扮，坐在西貢WM酒店咖啡廳的落地大玻璃旁的L形梳化上等著小U。

小U看見薛哥，就搶過薛哥手上的有氣礦泉水，一口氣灌了半樽，一邊打嗝一邊急著問：「你，嗝，昨晚，嗝，沒，嗝，什麼，嗝，事，嗝，發生，嗝！？」

薛哥很紳士地以手勢示意小U先坐好，才慢慢說。

小U向Waitress表示要多一樽有氣礦泉水，但薛哥對Waitress說：「麻煩你給這位小姐一杯暖水。」

「這樣持續性連環打嗝，是因為胸腔和腹腔中間的橫膈膜痙攣所導致，跟抽筋一樣，會讓痙攣部位產生非自主性收縮。打嗝得這麼嚇人，還灌有汽飲品，你沒常識的嗎？」面對著這麼沒頭沒腦的女生，薛哥不其然無明火起。

小U喝過暖水後，打嗝明顯減少後，她吐吐舌，自豪地回應：「我平時大吃大喝，打嗝是家常便飯，通常不超過5分鐘，很小事。」

「沒什麼好說，先點菜。」

小U探身問薛哥：「昨晚，有沒有什麼特別事發生？」

「有。特⋯⋯」

「吓？！」小U這一下，「吓」得誇張，整個人筆直彈起，身軀彈得直過「嬋寶」。「發生了什麼事？快點說吧，不要賣關子，我超緊張。」

「沒有什麼。只是特別⋯⋯好睡。一覺天光。多謝你的 300 針天絲床單，更感謝你幫忙鋪床。」

「鋪床？不要說笑，我絕對沒有幫你鋪床。昨天，我哪有時間弄這些？」

「嗯？不是她鋪？」薛哥開始有相信是自己鋪床的。畢竟，自中大畢業後，也獨居了廿個年頭，鋪床摺被這些自理程序，如同 Default 程式，與呼吸無異。

「你知道嗎？昨天，昨天真的氣死我！你知道啦，像我這些一級運動員，運動後見餓，十分正常。就算外國媒體問我奪金感受，我只會答：『Nothing special, but hungry.』於是你一出門，我便在「闊扁擔」點餐。我點了幾款點心：蝦餃、燒賣、牛肉、生煎飽，還有辣油及醋。因為無辣無醋，不如不吃。然後，我說過會替你入些守門口的零食、啤酒和梳打水。下單後，Oh my god. 我才發現你家竟然一滴水都沒有。我惟有到廁所用水濕濕嘴唇。之後⋯⋯

「小姐，小姐，一碟肉醬意粉，意粉要硬身，有嚼感，還有，還有，這點很重要，『汁另上』。麻煩，保證汁要燙一點，要出煙的。麻煩了。有勞了。謝謝。

「不好意思。Okay，我說到哪？對，我在洗臉時，聽到電視聲，很吵耳。可是，當我走出廳查看時，電視是關的。我摸摸電視屏幕，機身挺涼，沒有開過，似乎是我幻聽。後來，我又再回到廁所，這下不得了！這下子是馬桶。馬桶會自動沖水。我剛剛只是潑水洗臉，沒有接觸馬桶，為什麼它會自動沖水？我想過，可能是新冠後的先進設計，可能是會定時沖水。你家的馬桶是定時沖水的嗎？」

薛哥想了想，擰擰頭。小U繼續啟動她的人肉機關槍：

「後來我打算試試這個先進的馬桶，本身只是想坐一坐，後來有點便意，便順便排毒。一個人開小的，可以不關門，但開大號，我一定會關門。這一頓『毒』，份量之多，我看了一眼，十分滿意。我以為馬桶是日本貨會自動沖廁，但是，我站起來等等等等，寂寞到夜深，它也不自動沖……。後來，我想想，它反正是定時沖水，又不妨『媽爹』一會兒。怎料『媽爹』了五分鐘，『毒氣』沖天，我只好人為地沖水。

誰知，沖水後，開不到廁所門，我好像被鎖住了，怎也開不到。無論我怎樣努力，手拉腳踢臂批臀撞，全都試過，始終沒用，後來我絕望地坐在廁板上……廁所的天花燈突閃動和變色起來，我唸著『唔該借借、唔該借借』，不要搞我。

後來，不止眨燈，花灑會自動開水，而且水量、水速會隨廁所內的音樂而調節大小快慢。我不懂什麼樂章打什麼樂章，總之花灑好像音樂噴泉，聞歌起舞。我安慰自己，認為一定是不小心啟動了什麼開關，一於阿媽教落，大凡驚恐，即唸『南無阿彌陀佛』，唸足108次，心誠則靈，佛祖打救，自然大步檻過。

……唉，後來我也想不起唸到第幾遍，唸到口乾。心想，豈有此理，人不犯我我不犯人，況且我也沒犯什麼？我想起嫲嫲臨終之言：『凡事要惡』。於是我便發揮港女本色，跟不明外力『叉卵住』起來，我大喊：有多高科技呀？我會怕麼？我不懂得交響樂。可不可點播？有沒有《等著你回來》？要小芙蓉版！

廁所的音樂靜了，水也停了。突然，『我等著你回來，我等著你回來』響起，而花灑亦對我瞄準。我立即跪地：對不起，是我錯，我想走，我想回家了。

就在這一刻，我聽到門外有人說話，是男人聲音來的，我以為是你，便大叫『開門開門』。突然，門鎖發出兩聲『吡吡』，鎖開了！我衝出廳，電視、音響全開著，我決定關閉五感。全面遵從人類求生本能，讓飢餓主導思考、排優序。飢餓命令我，先查看那隻粉紅熊貓身在何方？

它媽的，食物熊貓說已送達。我打去問車手，車手說我請他放門口。Okay，我開門，什麼也沒有，於是我要求退款。熊貓 App 竟然顯示我給車手打了5星，更額外付 $20 小費！真的是『瑪打弗卡』，我平時做足 120 分，五毫小費都沒收過，我簡直是賤得過1元超市背心袋。

想著想著，谷鬼氣，於是失控大叫：『收聲！』那時，你家的電視、音響，全部靜下來，電視黑屏的一刻，我在黑屏的反映上看到一個黑影，這個黑影，動也不動，牢牢站著。我的心，澎澎澎澎的，跳起來，我頭也不敢動，便垂頭致電 best friend，好想有人陪伴一下……

『八婆，告訴你，我找到老闆了，他答應我……喂喂，喂喂……』突然斷線，之後我再致電 best friend，但再也打不通她的電話。幾秒後，我收到 best friend 的 voice message，她問我在哪？問是否獨個兒？她叫我快點離開。我回她 vm 說：『我在經理人家，西貢北港坳，一個鳥不生蛋的地方，入夜有點古怪。你陪我講電話吧，我在追外賣，食完即走。你陪我一下吧！』

八婆好像不停 vm 我，卻又傳輸失敗。後來，她給我大大的一個字——『走』。best friend 除了粗口之外，平時很少發單字。我用眼尾再看看電視黑屏的反映，oh my god，人影依然清晰。當下的飢餓已經敵不過大腦，大腦命令我「即走」。就在我抓起手袋電話拔足逃生之際，我的眼尾……眼尾看到有人坐在輪椅上向我衝過來。

我跑到大門，可惜，大門又作弄我，怎也開不到。我驚得要命，那時本能地喊了一句：『對不起，打擾了，我不敢了，沒下次了。請請請請，請放過我。』這句很靈，門鎖再次『咇咇』，開了。」小U拍拍胸部，再喝掉杯中的清水。

「說完了嗎？」薛哥問。

「完了，不夠驚嚇？」小U反駁。

「有什麼可怕？你遇到的，都是一般智能家居的問題，有時候是設置太敏感所致。可能是我昨天無聊按手機，於是就啟動了電視、音響、花灑、門鎖之類。你想太多了。不要多想，快試試這家的肉醬意粉如何，順便拍照、打分，為自己日後儲子彈。」

聽見薛哥教路，小U thumb up，拍照後，便不客氣，三扒兩撥清掉了整碟意粉。以她清碟的實力來看，小U的舌功好比流浪貓清兜一樣，快而亮。

「夠飽？要不要其他？」薛哥隨口問問，心裡當然想她回「夠了。」

「夠了。」

「好！」薛哥這個「好」字，可說是半秒神回。

「不過，這裡一定有甜品的。我不貪心，只想吃三球雪糕就心滿意足。」結果小U點了抹茶、桑葚及麻辣朱古力味雪糕。

「是你的吧。我看你昨天真的驚到腳軟失魂。」薛哥交還那張星星心心花花果果八達通給小U。雪糕在前，小U已經忘記了昨天的「驚」歷。加上薛哥不斷灌輸家居智能、AI生活的新科技，使她漸漸相信昨天是一場誤會，害自己白驚一回。

跟小U分別後，薛哥一直把小U的話不停回帶。

1．沒有收到外賣，但單位內的零食啤酒熱狗是如何自到的呢？

2．床單可以是自己鋪，但牙膏呢？浪人隨身三寶，又是何時跑到洗臉盆邊？

3．小U說沒有踫過他的行李，但為什麼衣物毛巾會自動埋位？

4．昨天守靈，根本沒按過手機，所以小U經歷的家電自動開關，肯定與他無關。

5．今早床單上的手機的確是「有腳」的，會時兒消失時兒出現。

6．黑影。小U提到的黑影，昨晚有些微印象是見過的。它好像是雙手交叉抱胸地跟我

7．『我在經理人家，西貢北港坳，一個鳥不生蛋的地方……』是小U的聲音。他按播

在回家的路上，薛哥收到小U fw的VM。他按了播放……

「Hi, Bro.」

放繼續聽。

『地方……走呀！入夜有點古怪。走呀！你陪我講電話吧，走呀！我在追外賣，我叫你

走呀！食完即走。你陪我一下吧！走呀！！！！！！！！！！』這段VM是小U姊妹昨晚FW back給她的。

VM中，除了小U的聲音，薛哥清楚聽到一把男聲不斷在說「走呀！走呀！」、「我叫你走呀！」雖然男聲跟小U的說話有點「疊聲」，但可以肯定的是，那男的在「趕她走」。

這下子，薛哥全身的毛管已豎起來了。他，還可以如何安慰自己，收拾心情，假裝鎮定地回家呢？

2.2

前面就是西貢北港坳8B，薛哥看著3樓，心想：昨晚睡得很好，應該沒什麼問題的。如果要趕我走，昨晚就已經出手？還會讓我睡得那麼香？再説，它可能只是趕女不趕男。

下了的士，目測著不到1km的回家路程，這1km對薛哥來說，變得遙遠。他想起中學時代的暗戀對象……

大概在中二時，薛哥每天早上都可以尾隨一位暗戀的學姐，「一起」上學。尾隨的演化過程是：最初由相隔一條街的距離，小薛緊盯著學姐擺左擺右的馬尾。後來，小薛大膽了些，發力再跟上一點，升級至相隔半條街，沿途可以看到學姐跟同學互動，微微聽得見學姐的笑聲。再後來，小薛變得更大膽，他跟學姐的距離就只差幾個身位。或許自己一個無故的滑倒，或任何小出洋相的把戲，應該可以贏得學姐的眷顧，回眸一看。但，他始終沒有這樣做。

就算有一次，就此僅僅一次，小薛為求在漫長、熾熱、孤單的夏季裡，仍能每天可看到早學姐的背影，他早已胡亂選擇各項校內暑期活動。那怕只是回校打三角鈴，他都甘願擔當這個瑟縮一角，從不起眼的鈴手。因為當他站在音樂室窗邊，大腦只管準時發放三拍一下的命令，小薛雙眼便可放肆地追蹤在操場練排球的學姐。

學姐喝水了，這代表她要回家了。小薛雙腳便不由自主地離開音樂室，繼而尾隨學姐回家。就此一次，學姐本來跟同學一起排隊等 81K 巴士回家，突然間，這同學的姊姊出現，拉走了學姐的同學。就是這樣，原本夾在學姐與小薛之間的夾心人消失了，皇天不負有心人，小薛正正排在學姐後面！他終於能嗅到她身上的香氣，就算是化學合成的氣味也好，已足夠攻暈了心跳得心律不正的小薛。在心律奏起莫札特 Symphony No. 25 In G Minor, K. 183; 1st Movement 的一刹，音階不斷急切爬升，升得越高，拍子越急迫，迫得小薛透不過氣來。謝天謝地，此時幸得伯恩斯坦出手，神指一「篤」，立即刹停了一眾猛力拉鋸的小提琴手。

當小薛心跳回復 90 上下之際，他想過故意向前扑，假意撞到學姐的話，便有機會成功締造跟學姐四目交投的時刻。但是，小薛沒有勇氣這樣做。大腦告訴他，學姐是不能踫觸的。

「這麼近，那麼遠。」大概是這個意思。

當下的薛哥，看著自己付足兩個月上期加首月租金的單位，亦想起大廳中的一對號角皇者，明明是一步之遙，卻變得遙不可及。雖說是不能、不敢、不願接觸，但偏偏身體就是最誠實，薛哥雙腿已開始一步一步向 8B 踱過去。他深呼吸，雙手插袋，閉上雙眼，慢慢地踱步回家。微涼的風輕拂在臉上，讓薛哥哼起了林憶蓮的《微涼的秋》，1989 年作品。「微涼的秋，蕩來傷……口」……

「喵。」薛哥看看跟前，站住了一隻三色小貓，小三色抬頭默默地望著薛哥。這條貓一對圓碌碌的眼睛，一身油漆廠爆炸後的混色效果，帶薛哥回到 1989 年。

那年，薛哥九歲。薛家多添了一位成員，是薛哥的弟弟。薛爸才二度弄璋三日，家裡跑來了一條「鴛鴦臉」，兼全身黑白啡黃毛色亂跑的小花貓。「鴛鴦臉」很百厭，亦很粘人。整天粘在薛哥跟前，一起吃，一起睡。「鴛鴦臉」特別迷戀薛哥的腳，薛哥坐在哪、躺在哪，牠老愛粘在他的腳背。粘在他腳背睡；粘在他腳背舔毛；粘在他腳背放屁；粘在他腳背看麻雀。晚上，薛哥要睡了，牠便跟著竄進被窩，倚住小主腳背睡。

好景不常，「鴛鴦臉」以為找到的好歸宿，原來暗藏殺機。薛家封建、迷信的四大長老：爺爺、嫲嫲、公公、婆婆，集體嫌棄這條小花貓長相古怪、身帶邪氣，說會影響靈神未定的初生嬰兒。在四大長老巨大的壓力下，薛爸只好要求薛哥踏自行車，親自送走「鴛鴦臉」。

還記得要送走「鴛鴦臉」的星期日早上，薛哥讓小花貓喝掉自己的牛奶，他撫摸牠的頭頂說：「無艷呀無艷，牛奶喝光吧，明天、後天、大後天、大大後天和大大大後天，都可能要捱餓了。」說罷，薛爸給薛哥一個紙箱，吩咐他盒上小貓，帶牠到城門河畔「放生」。城門河畔單車徑南往大圍，北往大美督，就這麼只一條大直路，想必「鴛鴦臉」只會沿直路走，怎麼也不會識路回家的。再者，每逢星期日的城門河畔，都聚滿一家大小及情侶，薛爸希望趁星期日人多，讓「鴛鴦臉」遇上好心人收養。

除了紙箱，薛爸還給了薛哥五元，算是「掟貓費」。薛哥拿著五元，把裝了「鴛鴦臉」的紙箱放在單車籃，便由排頭村出發，一直踏到城門河畔。在飛馳的路上，薛哥很想打開一線紙箱，讓「鴛鴦臉」看看風景。這一點，還是薛爸棋高一著，他早就警告了薛哥，是次「掟貓」就像男人跟女人分手一樣，一定要狠！如果在往城門河的路上，稍為打開一紙線箱的話，就注定失敗，小貓一定會識路回家。當年，薛爸是這樣說的：「跟女人分手同一道理，說了分開，便永世頭也不回！」

數著手上5個壹元，薛哥載住「鴛鴦臉」跑了一轉大尾督再U-Turn回大圍。沿途上，他不斷跟「鴛鴦臉」說話，一時問「鴛鴦臉」嗅不嗅到大尾督的燒烤味；一時跟「鴛鴦臉」說大學的女生，應該比較有愛心，可怕星期天不用上學；最後，他在大圍放下「鴛鴦臉」，他對牠說「就這兒吧，大圍最多一家大小租車，被收養的機會最大的了」。於是，他下定決心，找到理想的放置地點，放下紙箱，就頭也不回地去花光「掟貓費」。

當天正午，薛哥嘴邊叼著提子味擠擠冰，大搖大擺地回家，一入門便看見「鴛鴦臉」熟睡在自己的黑皮鞋上。

薛爸攤大手掌：「五雞。」

薛哥滿心歡喜：「下月還你六雞。」

當晚，薛哥用腳掌撩著被窩裡那位「撇不掉」的女孩，小別勝新婚，那夜睡得特別香甜。

「喵…」三色小貓用頭頂磨蹭薛哥小腿。似乎很想把自己臉部分泌的費洛蒙，磨蹭在薛哥小腿上。

「你好嗎？無艷。」薛哥彎腰對「無艷2.0」說。看著這個撇不掉的「2.0」，薛哥振作起來。

「好，反正都避不開，『撇不掉』，不管是人是鬼，我們今晚就來個了斷吧！」話畢，薛哥一股作氣，跑回單位。

2 · 3

晚上七時四十二分，小黑一邊看著在樓下徘徊的薛哥，一邊聽著張國榮與黃耀明的世紀《Crossover》，快樂地下廚。

8B三樓的大門一開，三款佳麗：柱侯蘿蔔燜牛腩、欖菜肉鬆四季豆及金針雲耳蒸雞，向著薛哥拋媚眼。

薛哥看見大廳茶几上放著三餸一湯，三餸一湯仍冒著熱氣，相信是剛剛煮好。由昨晚至現在的種種怪事看來，不論對方是人是鬼，他肯定「這位何方神聖」對方對自己是沒有惡意的。

「你是誰？我知你在的？不要躲，出來，我們談談，我不會報警！」薛哥抑壓著慌張，扯高桑門，咆哮起來，企圖先聲奪人，取得話語權。

「Hi, Bro.」小黑一身陽光少年打扮現身。

「你是誰？為什麼在這裡？你想……」

「冷靜冷靜，肚餓嗎？如果肚餓，不如我們邊吃邊傾？」

「要傾什麼？我簽了租約。你現在是非法進入私人地方，已經是違法。」

「我知我知，那我先走，你慢慢吃。」

「等等，你過去，和我一起吃。」

「哦，你不是這麼老土，怕我落毒？好的，我們一起吃。這一餐，如果不是多雙筷，我是不會燜牛蔔腩。還有杏汁豬肺湯，雖然 HKTVMALL 有洗乾淨的豬肺賣，但豬肺這東西，雖說是洗乾淨，但買了回來，還是有很多功夫要 follow。」

什麼？杏汁豬肺湯？我沒有聽錯嗎？我還以為這是失傳已久的湯水，想一想，應該也有四十年沒有喝過。從前只有嫲嫲婆婆輩才會肯花這功夫去煲此湯。想到這裡，薛哥對小黑的戒心已經完全被豬肺湯擊退了。

小黑的出品，完美征服了薛哥的脾胃。二人一埋位，薛哥便說：「等等，吃飽再說。」

小黑暗想：這個男人一埋位就忘了怕下毒這回事，認真餓得交關，真可憐。

「有飯添嗎？」薛哥問。

「有。給我碗。」

席間，小黑說自己就是上手租客。一次過給業主三個月租金，目的是讓業主羅庚壽安心，使他相信自己不會拖租。後來，第四、第五個月，羅庚壽找不到小黑，都只是打打電話，沒有人接聽就算了。業主大概每週給小黑一通電話，後來小黑停了電話，羅庚壽就放棄找小黑了。

「這麼多個月來，你都一直躲在這裡？可行嗎？」薛哥問，手裡捧著了第四碗豬肺湯。

「可行。我當IT的，與其說是IT，不如坦白點說：我是黑客，是企業清道夫，專責清理不能曝光的善後工作。我的工作，本身就是見光死的。再講，現在無論買什麼都可點對點家送。今時今日，除了CALL白車，其他事都可以找人上門代勞。加上這裡地下、一樓及二樓，都是假日及晚間活動的住客。只要安排所有交收活動都在白天進行，這計劃自然萬無一失。」小黑語帶自豪。

「羅伯，我指業主，幾個月來，他都沒有帶人上來睇樓？」

「有，否則，你怎會在此？」

「這裡很好，地方大，開揚，傢電齊備，租又不貴，沒理由幾個月來都租不出去？」

「大凡有人上來睇樓，通通都被我嚇走。」

「嚇？如何嚇？」

「昨天那位波濤系沒有告訴你嗎？你們下午不是見過面嗎？」小黑反問。之後，兩人心照地互相交換了一個眼色，「厲害厲害。」薛哥大拍手掌。「過獎過獎。」小黑秒回。

薛黑二人，大講鬼故笑話，明明是《總有一瓣喺左近》的中招橋段，總被小黑演繹成星爺版，反轉反轉再反轉，聽得薛哥笑到眼水直飆。

「那我完全明白了。但，但是…這個『疊聲』應該是real time的，你是如何辦得到？」

薛哥重播小U轉發給他的「疊聲」vm。

「我是黑客，專門負責收錢搞事的，有什麼辦不到？」

「嘩，科技這門專業真是永無止境，永遠學不完。real time『疊聲』很過癮，用什麼program？難不難的，教我吧？」

「不用教你，我幫你『疊』不就可以了嗎？」很明顯，小黑這招叫「打蛇隨棍上」。

「你幫我，為什麼你要幫我？」

「我想跟你同居。這裡走廊盡頭的房間，並不是業主說的雜物房，而是我的工作間，內有6座Server，9台電腦。That's why我非常不願意搬家。我想跟你訂個協議，租金以外的一切雜費，包括一日五餐、水電煤及WIFI，都由我付。另外，同居期內，閣下的起居飲食，執屋清潔洗熨，全部由我包辦。這個協議如何？還有什麼附帶條件？」

「每日三餸一湯？」

「四餸都可以。」

「同居協議，可以一試。但，協議由租客，即是我，有最終決定權，換句話說，即是我有權隨時終止協議。」

「無問題，我保證不會有這一天。」

「話時話，為什麼我上來睇樓時，你不嚇走我？」薛哥這頭老狐狸，果真心謀遠慮，他早就計劃要在一個不意為意的氛圍下，殺小黑一個措手不及。這一刻，薛哥使出《Little Fockers》中 Robert De Niro 的招牌岳父眼神來緊盯小黑雙瞳。

小黑吸了一口氣，然後閉目，皺眉，最後才一字一字的坦白從寬：「因為……我……我……看上你……單身。」

薛哥拍拍心口：「嚇得我，我即刻收緊『Bird Eye』。」

這頓飯就在哈哈哈哈，哈哈哈哈聲中結束。晚飯後，薛黑二子一起大談音響，由插座、電線、濾波器到雲端設置；由京劇、能劇、雷鬼樂到 Nat King Cole 與 Ray Charles Robinson，一談便是三小時。1.8L 獺祭磨き三割九分純米大吟釀，亦清了兩樽。

一頓飯、兩樽酒、三小時「吹水」，就是這樣，小黑便無驚無險，輕而易舉地說服薛哥，正式開始他們同居生活的第一夜。

2・4

晚上三時。

大廳內迴盪著靡靡梵音及淡淡麝香香氣，小黑仕瑜珈墊上緩緩站起。站穩後，再慢慢分開修長而結實的長腿，兩腿分開超過雙肩後，隨即彎腰，頭部向下。頭部繼續向下，幾近壓低過膝頭，小黑的翹臀本能地越加挺起，翹臀的曲線，渾圓得無懈可擊。古希臘數學家畢達哥拉斯説過：「在一切平面圖形中，最美的是圓形。」圓的藝術性確實是其他幾何圖形無法比擬的。只有圓形或球體才能完美地集對稱、均衡、完整於一身，它的美麗就如同柏拉圖所説的「永恆美」。

在三島由紀夫黑白照的相框上的玻璃反映裡，小黑看到自己翹臀曲線的「永恆美」，他站起來，輕揉著胸肌下那排顛倒眾生的朱古力腹肌，他對著其中一幅三島大頭照說：「可以嗎？」

在三島由紀夫那雙謎一樣的黑瞳內，小黑感受到三島對自己滿滿的讚譽，隨而甜絲絲地垂下頭來，拿起毛巾「印」著汗走往浴室淋浴。浴後，在臉上敷著白泥淨化排毒面膜，全身赤裸裸的走回尾房。

在漆黑房間內，電腦屏幕上有一行又一行不停眨動的文字，似乎某人正不耐煩地呼喚小黑，趕著要跟他 Facetime。

盡管屏幕上狂眨的文字，小黑還是選擇擰開一罌只剩 10% 的凡士林身體乳霜，食指、中指和無名指便純熟地插入罌內，沿著罌身刮出大坨乳霜，塗在掌心然後擦勻全身。如果不是線上某人在等候，小黑還會多擦一轉。不過，天生愛美的他，仍然是慢慢來，慢條斯理撕起面膜，再由上而下按摩太陽穴、迎香穴、頰車穴及天突穴……

最後，小黑搓著雙手，微笑地對著屏幕說：「第一步，Pass。」

變奏

3

「讓我看看妳們怎麼取悅自己。」

「什麼？我們不解。」大Z、小Z姊妹倆齊齊望著薛哥。

「來吧！別不好意思！可愛的雙胞胎，讓我看看。」他低語。

「我不懂你在說什麼。」大Z搖頭望了小Z一眼。

「平時都是我們取悅別人，從來沒聽過要取悅自己。你想我們做什麼？」小Z補問。

「我再說一次。我想看妳怎麼滿足自己。」

小Z還是搖頭咕噥著：「我不會啊。」

薛哥挑起雙眉，震驚地愣住，他心想：又說這對姊妹花是什麼絕色好貨，能醫百病，起死回生，看來這次又再被劏得不輕了。

憤怒的薛哥，眼神隨後變暗，像是烏雲襲罩在心頭，完全摸不著頭腦地甩甩頭，心中那股不快如同火山即將噴發。「唔，那麼，我們仨就來看看可以怎麼做吧。」他付了肉金，當然不願空手而回。為了避免不必要的誤會，他壓抑怒火，話裡帶著一絲挑戰的意味，提出了

「Let's do it.」的指令。

他解開西褲的扣子，動作緩慢而堅定，視線牢牢鎖著小Z。那一刻，空氣中彷彿凝結了，周圍的一切都變得模糊，只剩下他和小Z之間的緊張氛圍。隨即，他俯下身，抓起她的腳踝，快速而果斷地分開雙腿。接著，他爬上床，來到小Z兩腿之間，心中卻充滿了矛盾的情緒。

他在小Z身上停駐，那一瞬間彷彿時間靜止。他以下巴及兩頰的鬚根不斷擦向小Z的臉、嘴唇、鎖骨、胸部及乳尖，不斷地擦痛她，那種感覺既刺激又折磨著她。小Z能感受到薛哥身上散發出的強烈氣息，那是壓抑已久的怒火與渴望交織而成的獨特香氣。

「不准動。」他低聲說，語氣中帶著一絲命令的意味。他俯低身體親吻小Z的大腿內側，雙唇一路往上來到那薄薄的蕾絲底褲上繼續吻著。每一次吻觸都如同電流般穿過小Z的全身，她感受到了一種前所未有的緊張與期待。

一向被訓練成服侍別人的小Z，如今卻面對身份的逆轉，她心中充滿了困惑與掙扎。被迫接受這樣的情況，她該如何「不准動」？在這一瞬間，她感到一陣痛苦，雙眼無意識地向身旁的大Z求救，但大Z卻只是靜靜地看著，似乎在觀察這場戲劇性的變化。

小Z再也無法靜止，她在薛哥身下不停扭動，那種反抗與渴望交織在一起，如同海浪拍打著岸邊。她的心跳加速，每一次扭動都像是在挑戰薛哥所設定的界限。她想要逃避，但又被那股強烈的吸引力所束縛。

此時此刻，小Z內心掙扎著，一方面想要抵抗這種控制，另一方面又渴望著那份禁忌的刺激。她明白自己正處於一場無法預測的遊戲之中，而這場遊戲將決定她接下來的命運。在這種矛盾與衝突中，小Z只能任由自己沉淪，心中暗自祈禱：希望這場冒險能帶來意想不到的驚喜，而不是無盡的痛苦。

「看來我要好好研究一下，如何讓妳保持靜止，小豬豬。」他的吻越過私處，來到小Z的小腹，舌頭探進她的肚臍，而後他一路沿著她的身體往上吻。小Z漲紅了臉，感覺自己的皮膚熱燙，但炙熱的同時又感到床單的冰冷，冷熱的衝擊下，搞得她頭昏腦脹，她只能緊緊抓著身下的床單。

「嘿。」薛哥冷笑了一下，然後在大、小Z的中間，還以為可以靜止一下，薛哥突然轉移目標，大手沿著大Z的臀部往上，經過她的腰直達雙峰。他凝望著大Z，表情深不可測，掌心掌背不停徘徊雙峰之間，忙著左穿右插，忙得不可開交。

「大小剛好讓我能夠一手掌握，很好。」他輕聲在大Z耳際呢喃。食指探入她的胸罩輕輕拉開，離開乳房三厘米，他放開手，胸罩裡的鋼絲和彈性布料，連同裝飾的蕾絲，又彈回原位。然後，他的手來到胸部另一側，再次如法炮製：離罩三厘米，放手，彈回。薛哥的手，尤如聽從軍令，不斷 Left Right Left Right Left。彈得大Z胸部腫脹，乳尖在他熱切的注視下變得硬挺，右房乳尖更挺得卡住了胸罩。

「Perfect。」他讚賞地低語，他又看了一眼小Z，依舊向她下了同樣的指令：「Freeze。」

薛哥斷續輕柔地向大Z那顆卡住胸罩的乳尖吹氣。手往另一側而去，拇指慵懶地在其上畫圈。大Z低聲呻吟，甜蜜的興奮感一路竄往下腹，她感到完全濕潤了。她內心祈求薛哥，不要再玩了，咱們仨速戰速決吧。她把床單抓得更狠，幾近扯破。薛哥見狀，又「嘿」了一下，再看看同樣肉緊的小Z。他含著大Z乳頭一扯，大Z全身輕顫。小Z則肉緊得閉緊雙眼。

「有趣有趣，雙胞胎果然是一起痛一起爽的。這回真的是：不錯吃！哈哈。」

「滿足了嗎？」他輕聲低語後，繼續進行那情慾的凌遲。

大Z的乳頭受到他手口並用的密集式的攻擊，每條神經都燃燒起來，熱力直達她全身的每個角落。

薛哥還不罷手。

「求求你，求求你，快點，快點。」大Z懇求著，頭往後仰，呻吟哀求，兩腿僵直。

「什麼？」

「求什麼？」他低聲説，輕咬著一側的乳頭，另一側被他的手指拉扯著，大Z在他懷裡崩潰了，全身顫抖，她的淚水不由自主地滑了出來。薛哥深深地吞咬噬大Z顫動的雙唇，更吸啜她失控的淚水。

「完了沒？妳們現在懂得取悅自己是什麼感覺？」他輕呼後，轉過頭吻向小Z。

高潮後的餘韻，依然讓姊妹倆喘息不已。他的手往下來到小Z的腰。又滑到臀部，以親密的姿勢捧起了她……他的手指滑進細緻的蕾絲內褲。緩緩地畫圈，由大圈開始，畫至小圈、小小圈，再變成一點——

就在那個地方。薛哥閉上眼睛，摒住氣息。

「OMG，小豬豬，妳已經全濕，我要妳，我現在就要妳了。」他將手指探入小Z的私處，一次一次的進入又滑出，作動之狠勁和力度，讓小Z呼喊起來。這樣還不夠，其後他用手指翻著小Z的花蕊，指甲冷酷無情地劃花了幼嫩潤紅的敏感地帶，令她一次又一次的呼喊，一次比一次淒涼。

看著臉容扭曲的小Z，薛哥的力度就如啟動了摩托般，碼力越加越大，節拍急迫，使小Z忘情大聲呻吟。

薛哥忽然坐起身，褪去小Z的蕾絲內褲，丟到地板上。同時也脫掉自己的孖煙囪，他的下體，他的「小薛」……

可惜，「小薛」依然是「小薛」，仍然保持在六時半的位置。

大、小Z姊妹倆的心情，跟剛剛走進薛哥這家北港坳3B三樓的睡房時一樣，高潮過後，依舊是大惑不解！這下子，姊妹倆不得不用廣東話粗鄙地說句：「呢條茂里，叫我哋上嚟托咩？」

當下，薛哥說了句：「調教妳們兩位，實在太花氣力。這次妳們就算是任務完成，穿上衣服，即走。」

「還有，不准用洗手間，要安靜離開，關上門，就可以了。」

「這是的士車費。保持安靜。明白嗎？」薛哥遞了四張一千紙幣給大Z。小Z搶了兩張後，便拉著姐姐跳著離開。

．．．

回流香港這四年間，薛哥以名播主經理人身份，真的不愁寂寞，各式各樣的女孩子，四方八面的自動送上嘴邊。或許是，吃多了，膩了？還是跟大紐說得一樣：熄了燈，每個女人都是一樣。這種感慨如同一盞明燈，照亮了他心中那片陰暗的角落。

就算眼前的女子如同盛開的花朵，各具風情，但在他眼裡，卻漸漸失去了色彩。這些曾經讓他心動的面孔，如今卻成了他生活中的常客，讓他感到一種莫名的疲憊。

「熄了燈，個個女人都是一樣。」這句話在他的腦海中回蕩著，如同一首無法忘懷的旋律。那些曾經讓他心跳加速的瞬間，如今卻變得平淡無奇。他想起那些豪情壯語的富豪公子們，他們在三、四十歲時就已經明白了這個熄燈道理，那麼，他們又是如何捱到白頭？

薛哥的思緒如同波濤洶湧的大海，翻滾著不安與困惑。他不禁想起那些在夜深人靜時刻，他獨自面對空蕩蕩房間的孤獨感。每當夜幕降臨，華麗的燈光映照著城市的繁華，他卻感到深深的失落。這種失落感如同一根刺，不斷地刺痛著他的心。

「我到底在追求什麼？」他心中默默問自己。那些短暫而熱烈的關係，是否真的能填補他內心的空虛？每當他與新認識的女子共度良宵後，清晨醒來時，那份滿足感卻總是轉瞬即逝，留下的只有冷冷清清的床單和無盡的寂寞。

或許，他應該試著去理解這些女人背後的故事，而不僅僅是把她們視為消遣。他們每個人都有自己的夢想與追求，而他們之所以出現在他的生活中，也許是因為對於愛與被愛渴望的一種共同需求。

然而，他又該如何去尋找真正屬於自己的情感？回來香港四年了，他漸漸意識到，無論是熄燈還是亮燈，每個人都在尋找自己的光明與溫暖，而他要做的，就是勇敢地面對自己的內心，不再逃避那份孤獨與渴望。

薛哥只是四十有八，還未「入伍」，難道以後便要與偉哥共存？

他很苦惱。這半年來，自己的身體，不，主要是下體，究竟出了什麼問題？

時間滴嗒滴嗒的溜走，但小薛依然停留在可恨的「六時半」。

3.1

早上六時半。

鴛鴦花臉貓「無二」已經跳上薛哥的床，當鬧鐘。牠用厚圓的身軀，在薛哥腳掌、腳背、腳跟間擦來擦去，務要擦醒主人。然而，習慣趴睡的主人，一腳兜了牠上小腹，然後輕撫牠的頭頂：「現在幾點鐘？一起多睡一會，好不？」

無二：「喵……喵噢。」

薛哥：「嗯，不好？不好的話，那去找你老母吧！」

小花貓無二好像聽懂人話似的，沒過半晌，便一溜煙衝去找「奶媽」。

三年半前的一個月夜，總喜歡在北港村村口等候村民回家的「鴛鴦臉」小花貓，平日只會陪伴薛哥由村口走到北港坳8B閘門，但是那一夜，「鴛鴦臉」似乎要走多一步。牠到了8B閘前仍不離開，薛哥打開了綠閘，準備邁步上樓梯，「鴛鴦臉」突然放軟身軀，懶洋洋地躺在薛哥鞋面上，賴著不走。此情此景，薛哥歷歷在目，不禁想起三十五年前的「無艷」。當下，看著在鞋面裝睡的小傢伙，惟有抱牠回家，反正家裡有個現成家傭，餵食、換水、剷糞等功夫也不用自己來，收養牠完全不成問題。就這樣，這頭小花貓便順利入主薛家。

「我們養牠吧！」入門後，薛哥把「鴛鴦臉」遞給小黑。

「我們」？「我們」這個詞，對小黑來説，在太動人，太好聽了。「好啊！我天天都看到牠跟著村民、外賣、速遞、郵差，整天跟出跟入。有時，我看牠好像瘦了點，我會丟些魚乾給牠。」小黑接過小花貓，色迷迷地看著牠。

「魚乾？我們宵夜那些魚乾？」薛哥大驚。

再一次，再一次襲來的「我們」，簡直叫小黑心花怒放，但他遏制自己的興奮，保持鎮定地回答：「就是那些，我們還有其他魚乾麼？」他偷偷地「自嗨」，妙回薛一句「我們」。

「不可以，貓吃的 sodium 份量怎可以跟人吃的份量一樣？以後，不准這樣亂來。」

「Okay，那我待會點些貓罐頭。嗯…現在下單的話，一小時後，你就用餐愉快了，小 buddy。」

「你先幫牠沖涼，好讓牠乾乾淨淨開餐。牠開餐時，我們也該差不多時候開餐。」

Yeah！薛哥再次吐出「我們」，「我們」萬歲！

「好的。你先沖還是牠先沖？」

「一齊吧。」

「一齊？」聽後，小黑按一按狂跳的心房將要彈上喉嚨，小黑咽下唾液，稍為定神後問：「如何一齊沖？」

「怎麼了？我有我沖，你有你們在臉盆洗，大家可以同步，有什麼問題？」

「也是。那我用洗頭水還是沐浴露好呢？」小黑就是這樣，天生患有選擇困難症，是典型凡事問女性。更正：小黑是男的。

這一刻，平日只會指指點點的薛哥也被愰住了，徹底被考起了，莫說該用洗頭水還是沐浴露，以前他根本沒替過「無艷」沖涼……。但是，他總能權威起來發出指令：「清潔毛髮，當然用洗頭水。」

「Okay。那用我的？還是你的？」小黑的凡事問，果真非一般。

「用我的。我的比較 Mild 而且無矽。你的對牠來說，過香，太過人工化，會刺鼻的。」

「明白。來吧，小朋友，我們去洗白白了。」小黑對薛哥的膜拜，可說是天字一號粉絲，比房署長更忠粉。

「小黑！」

「是。什麼？」

「是不是先點了牠吃的，才跟牠洗？這樣的話，牠洗完開餐，就不用等。」

「是是是。我們先點吃飽飽的，之後才洗白白，洗白白豬。」

在薛哥眼裡，小黑這個室友真是極品中的極品，全天候 724 任點任說任使喚不在話下，半年來也沒半句怨言，一一惟命是從，究竟前世要做多少功德？天底下要有多大的福氣，才能遇到他？每次想起這前世功德，都不其然嘴角含春。他走入洗手間準備沖涼時，看見小黑在替小貓洗頭。他便站在小黑身後觀察：「等等，頭部，用清水洗就可以了，千萬不要用洗頭水。」

「我沒有呀。」小黑立刻澄清。兩個大男人同時擠在談不上寬敞的洗手間，少不免會有點身體接觸。薛哥在監督洗貓過程時，他的三十九吋半 D cup 胸肌觸碰到小黑手臂，乳尖擦臂的騷動，小黑雙手差點罷工。清醒點！罷工？豈敢。小黑繼續表現得若無其事，但亦不其然嘴角含春。他還輕鬆地哼著兒歌《洗白白》問：「叫牠什麼名字好呢？」

花灑停了，沙沙水聲也停了。「你跟我說話？水聲大，我聽不清楚。」

「沒什麼。我問，我們叫他什麼名字好呢？」

「嗯，這個嘛，我早已想好。叫牠『無二』。」

「無二？哪個毛？哪個二？」小黑停下手腳，順勢偷看了在浸浴的男神。

薛哥的「大根」，小黑愛看，便由他見識見識，故此毫不吝嗇，大大方方地回話：「九歲那年，我家跑來了一頭跟牠一樣毛色的貓，同樣是『鴛鴦臉』的。跟牠一樣是左臉黑右臉花的，我們叫牠『無艷』。我第一次在村口見到牠時，便衝口而出叫牠『無艷』。算起來，『無艷』也走了廿年…說不定牠分分鐘是『無艷』二世，叫牠『無二』，準沒錯。」

　　那天的晚飯，薛哥放縱地懷緬過去，左手一碗三色糙米飯，右手一碗粉葛扁豆赤小豆鯪魚湯，跟小黑大談「無艷」二三事。

「吓？由大圍跑回排頭村？換轉是我，我怎也想不出路線圖。」小黑抱起睡在大髀上的無二，輕吻了一下：「你真本事，叻豬，抵錫。」

「就是。這點我和老竇也想不通牠憑什麼識路，還要比我早兩小時回家。」

「那次之後，你爸應該知道世上是有撇不掉的女人吧？」

「嘿。不要提。我媽就是他的初戀情人，他一生只有一個女人，還好意思教人分手，認真可笑。」

「哈哈哈哈哈！」

「哈哈哈哈哈！」

「哈哈哈哈哈！」

「哈哈哈哈哈哈！」

那夜凌晨，無二當了小黑的跟班，眼中就只有這把濕糧「罐頭刀」，就算路過恩公辟哥房門，也沒打算瞧他一眼。從此，無二就死心塌地追隨著小黑「奶媽」，對了，這位「奶媽」的洋名是 Cancan Opener。

3.2

小黑性格跟薛哥相反，他自小愛閱讀，薛哥則有讀寫障礙症，永遠無法集中精神閱讀超過五分鐘。很多時候，飯後，小黑會隨手翻開三島由紀夫的小説，縱使看過幾遍也好，他隨心拾起那本，就看那本，他認為這是對三島由紀夫的尊重。

有一晚，薛哥出奇地安靜，他沒有聽音樂，沒有打機，也沒有看 Netflix。寧靜打斷了小黑跟三島的溝通，小黑問：「為什麼沒音樂、沒電視、沒手遊？是不是病了？感冒？還是 Covid？」他放下《金閣寺》，走到梳梳化前，站定在薛哥雙腿之間，居高臨下的審視薛哥眼睛，他想要看看其眼瞳的狀態。

經 Covid 一役，小黑學會了觀察瞳孔狀態來判斷他人有否「中招」。尤其在 Covid 後期，很多「中招者」均沒有呈現任何病徵而「肆」圍走，害人無數。小黑在網上認識不少各行各業的達人，在 Covid 期間更聯同幾位身在英國的醫生，建立了一個抗疫資訊網頁，減低社會恐慌，其中一個判斷無病徵患者的方法就是觀察瞳孔的變化。

瞳孔的變化可以反映個體的健康狀況，這一觀點在醫學上有著重要的地位。因為瞳孔的大小、形狀及其對光的反應都能提供有關神經系統和內部器官健康的線索。一般來說，在正常情況下，健康成年人的瞳孔直徑約為三至四毫米。若瞳孔直徑小於兩毫米則稱為瞳孔縮小，大於五毫米則稱為瞳孔擴大。

當瞳孔大於五毫米，常見於腦部外傷、腦血管疾病、重症腦炎等情況。若伴隨光反射消失，可能表明嚴重的腦幹損傷或臨終前的狀態。相反，若瞳孔小兩毫米，則與酒精中毒、安眠藥中毒或腦橋腫瘤有關。這種情況下，瞳孔對光的反應會比較遲鈍。

如果出現瞳孔不等，即是雙眼瞳孔大小不一的話，則屬生理性的反應，但也可能指示腦出血、腦梗塞或腦腫瘤等病理狀況。而瞳孔顏色發生變化，如瞳孔呈白色，可能與白內障或虹膜炎等疾病有關；瞳孔呈黃色則可能是視網膜母細胞瘤的徵兆，多數發生於兒童身上。

小黑發現……薛哥有瞳孔不等的現象，便立即掃瞄他的褲襠，看看有沒有巨大的變化。

薛哥感應到小黑的邪念，便一手推開小黑：「發神經，你以為次次單憑瞳孔就真的可以斷症？就百份百準確？」這下子，薛哥有點躁，他感到被侵犯！

「是是是，是我犯傻，請すごい大人不要生氣。現在讓我現在看看無二雙眼先……」小黑捧起無二，假裝欣賞牠那雙通透如水晶的眼球，並唸起了日文來。他唸起了一首三島由紀夫鮮有為逝去的貓而寫的詩句。

「私の美しい猫よ、
あなたの金と琉璃が混ざった美しい瞳の光の中で……
このような詩のために書いたわけではないけれど、
愛猫家の私は最近猫運が悪く、二匹の猫が続けて亡くなったため、最近のスタジオは寂しさに耐えられない。
私は無抵抗にこの憂鬱な獣を愛している。
何の芸もできないけれど、これらの芸を学べないわけではなく、それらの芸が愚かだと感じるからだ。あの小さくて、傲慢な顔、整った歯列、冷たい媚びの態度、
私はただ言葉にできないほどそれを好きだ。」
對於日本、日本風景、日本刺身、日本清酒、日本漫畫、日本電玩、日本文化、日本語言、日本流行曲、日本電影，當然也少不得日本女優，薛哥都是沉迷不已。所以，每當他聽見小黑拿起日本小說或雜誌，不經意地唸起幾句日文時，他的毛管都會作出反應，以致全身雞皮疙瘩。加上小黑唸日文時，聲線特別溫柔，頓時令薛哥火氣全消。
「你又在唸什麼？」薛哥問。
「是三島的詩。」

「又是三島。」

「是三島養的兩隻貓先後死去時寫的詩，寫得很好。有興趣知道他寫什麼？」

「不太長的話，麻煩翻譯一下。」

「我美麗的貓啃，

在你那混著金與琉璃的美麗的瞳之光裡……

雖然不是為了這樣的詩句而寫，

但是愛貓的我最近貓運很糟，兩隻貓接連過世了，因此最近的工作室變得讓人寂寥難耐。

我毫無招架之力地喜歡這憂鬱的野獸。

縱使不會任何把戲，但也不是學不了這些把戲，而是覺得那些把戲很愚蠢，那小小的、倨傲的臉，整齊的齒列，冷冽的媚態，

我就是如此無以言表地喜歡它。」

「大師真是大師。憂鬱的野獸、倨傲的臉、冷冽的媚態，雖然全部負面，但就是說出重點來。」薛哥在尋找無二芳蹤。

「什麼重點？」

「令貓奴下跪的元素。貓就好像一朵未被摧毀的鮮花，憂鬱、冷冽、神秘、神聖。」薛

哥連環吻著懷中的無二，無二用後腿撐開他，最後出爪才能逃脱。

「なんてこった！(Nante kotta！我的天啊！）你又在打比喻，你的比喻可以脱離三級題材嗎？這實在太破壞氣氛。」

「什麼？我只會打三級比喻？之前，你不是説過你的三島也以三級比喻反駁文壇前輩嗎？」

「哪有？」小黑當然記得自己説過什麼，但是這下子的「哪有？」，只是想試探薛哥，看看他平日究竟有沒有把自己的話栽在心裡。就算有，又栽了多少？

「怎會沒有？那些三島軼事，不是你説，我怎會知道？你説，有次三島讓文壇前輩看自己即將付印或是交稿的書，哪一本書？我忘了，總之文壇前輩看過後，提議他刪去最後一章。之後，他的回應是——

「做愛到一半中斷，對身體是有害的啊！」

「セックスを途中で中断するのは、体に良くないよ！」小黑搶著跟薛哥「疊聲」。每一次跟薛哥「疊聲」，小小黑都會莫名興奮起來，而小黑亦不知不覺間迷上這種感覺。衝動帶來了快感，但是要收藏這股快感，是需要更大的力量去煞停。一息間的一放一收，每一次都會令小小黑失控地抽搐。可悲的是，猶如觸電般的抽搐使小黑陶醉得萬劫不復。

「對，你記起了。三級比喻一點也不下流，反而是比喻界最天心天肺的王道。『核加突』（わかった？／Wakatta? 明白了嗎？）？」薛哥也「拋」起日文來 synchronize 小黑さん（san）。

3・3

凌時十分，薛哥跟小黑在看《權力的遊戲》第四季第一集……

「But torture, torture, torture, torture.

You spend enough time putting the hammer to people,

you start to feel like a carpenter making chairs.

Drains the fun right out of it.

And what's life

without a little fun?」

「沒有一點樂趣的生活算什麼？」這句話就如錘子重擊薛哥心臟，「砰！」的一聲，震耳欲聾，鑿醒了他。

眼睛雖然看著電視，但心神卻魂遊四海。Jaime Lannister 的對白，乍聽下，句句有骨，就好像衝著自己而來。他似乎在問自己：「這麼多年來，對性、對女人、對做愛，都只是一場又一場的折磨。過去廿年，二千多回性愛，怎麼也算是花得足夠長的時間去敲敲鑿鑿，周而復始的敲鑿，形同木匠。木匠式的敲鑿完全榨乾了性趣。沒性趣的性愛算什麼呢？」

他身同感受，薛哥太懊惱了。昔日二千幾回佔盡上風的房事，一下子變成過街老鼠。不舉、不舉、不舉、不舉，不舉二字困擾了他七百四十小時。近月來，他無時無刻不去思考如何重振雄風。他試過求醫、試過催眠，中醫西藥針灸偉哥精神科，集百家之大成地去同步醫治，依然零起色。就算越走越偏，訪尋不同架部擠身 SM 群中，不論施虐或被虐，他都感到無聊透頂，投入不了。

夜幕低垂，月明星稀，徹夜難眠之時，他問 AI：什麼人才會愛上 Sadomasochism？

AI 的答案是：

喜歡 SM 的人群

・每個人的心理狀態都會有施虐（S）和受虐（M）兩種傾向，端看哪一種傾向比較強。有些人在日常生活中看似 S 型，但在性愛遊戲中反而更享受被虐待的 M 角色。

・有些受虐者可能在童年經歷過缺乏安全感的事件，透過被凌辱或虐打，可以獲得施虐方的關注，從而獲得內心的安定感和歸屬感。

・從事 SM 的人通常比一般人更外向、更願意接觸新事物、神經質傾向較少，而且對自身幸福感較高。

・精神科學者指出，痛苦和快感可以刺激大腦釋放興奮的多巴胺等荷爾蒙，這也是男性喜歡 SM 的一個原因。

・性學專家認為，男性通常把大部分時間花在控制上，一旦要臣服於一個擅長主導床事的女性，可以讓他們興奮不已。

AI 的答案說明了 SM 不是他杯茶。他再問 AI：Where is my cup of tea？

AI 的答案是：

我很抱歉，我無法確定你的茶杯在哪裡，因為我沒有足夠的上下文信息。作為一個 AI 助手，我沒有實體形態，無法感知你的物理環境。

如果你能提供一些更多的細節，比如你最後記得茶杯在哪裡，或者你在什麼地方喝茶，那會有助於我推斷茶杯的位置。你也可以描述一下茶杯的外觀特徵，這樣我也許能幫你找到它。

如果你實在找不到茶杯，不妨考慮泡一杯新的茶。泡一杯香氣撲鼻的新茶，也許會讓你放鬆心情，忘記茶杯的事。

我很抱歉無法直接回答你的問題。如果你能提供更多資訊，我會盡我所能幫助你找到茶杯的下落。希望你早日找到它，好好享受一杯香茗。

Nonsense. 薛哥苦笑。

「要不要冷泡茶？」小黑問。

「茶？」薛哥的思路被「茶」打斷。

「冷泡茶。是你喜歡的台灣天仁茗茶，下午才到貨。我冷泡了一壺。要嗎？」

「要。」

「又完一集。要繼續看嗎？」小黑遞了杯茶給薛哥。

「未有睡意，多看一集吧。」在載入下一集的電視屏幕反映上，薛哥看到牆上的三島由紀夫，看到三島在凝視自己，看到三島在凝視自己在注視小黑。

「三島有沒有子女？」他突然問小黑。

「有。一子一女。」

「原來是bisexual……」

「很出奇嗎？我們很多都是由雙性開始。要不要試試？」話口未完，小黑立即作狀親向薛哥的嘴。小黑的飛擒大咬，薛哥一時反應不及，沒有避亦沒有擋。幸好，《權力的遊戲》片頭曲的「m l dr — m l dr — m l dr — m l dr — m」響起，薛哥乘機推開小黑的兩片薄唇。

「播了，播了。」他指住電視，企圖轉移小黑視線。

「怕？」小黑抱著咕臣坐回薛哥身旁。

「有什麼好怕？」

「不怕，就來吧！」見狀，小黑含了一口冷茶，假意要餵給薛哥。

「下次下次，來日方長。煲劇，現在煲劇。」薛哥口說煲劇，但腦內滿是剛才微距下，小黑那張因失焦而變得模糊的精緻臉蛋。尤其是那雙棕色瞳孔如貓眼般神秘，深不見底。「發傻嗎？」他猛然拷問自己，然後拿起玻璃杯大口、大口地喝茶，冷茶急速直灌食道，體溫驟降之同時，一切都「降」下來了。

「要添嗎？」小黑認真服侍周到。

「好。」

小黑一手抓起薛哥的杯跑到冰箱躲在其門後，偷偷喝掉杯內剩下的「二手茶」。在似是而非的自嗨空間裡，「二手」就是興奮劑。它的真正義意，有人懂，或許有人不懂，不過懂與不懂也沒所謂吧。

正如三島所云：「明就明，不明就黎明。」三島有這樣說過麼？Who knows？說不定，他在平行時空發表過；說不定，他有份寫《權力遊戲》的劇本；說不定，在平行時空的小黑會與三島相遇；說不定，明天……

明天，或許小黑會在這個時空跟薛哥纏綿「斷背」。添茶後，小黑匆匆偷呷了一小口才遞給薛哥。如此一遞一接之間，小黑感到手背被薛哥的食指輕輕劃過，這種沒有預警而襲來的騷動，為曖昧塗上一抹糖漿。小黑背著薛哥，吐吐舌，舐舐唇，然後泛起那許光漢式燦爛的笑容，暗地裡感到莫名幸福。

3.4

三月天。

位於西貢之西的北港村，背枕昂平高地及鹿槽凹山，面向白沙灣及白沙灣半島，是一條立村 300 多年的原居民客家村落，在 1960 年代以前與蠔涌及沙角尾並稱西貢三大農業區，亦是區內少數非客家語村莊之一，村民以源自畲語的「客家話」溝通。

「食包盲？」（客家話的粵語諧音，意思是「吃飽沒？」）一位北港村大嬸跟返歸的薛哥打招呼。

薛哥點點頭後。抬頭看了一眼村口的木棉樹說：「棟掌！」（客家話的粵語諧音，意思是「很美」）

大嬸聽見他半鹹半淡的客家話，笑得彎著肚子回應：「棟掌棟掌，棟掌。」

三月初時，木棉樹趕忙落葉，使得一排排掛在光禿禿樹枝上的橙紅大花，份外顯眼。當木棉花盛開後長出新葉，充滿朝氣的樹形，在春日下，顯得更具陽剛之美。

「你說了什麼令大嬸笑到站不穩？」小黑問剛回家的薛哥。

「沒什麼。我說『棟掌』，她就笑成那樣。」

「美？你讚她美？」

「當然不是說她，我指木棉花。日落下，那棵木棉，很詩意。」

「可惜美不了太久，也許四月吧，四月就全部落掉。屆時，它們那些白色的棉絮就會隨風四散，撞著回南天時，總是乾不透的衣服便會披上一層白毛，到時就麻煩大……」

「我說你呀⋯⋯真的⋯⋯」薛哥一邊說，一邊脫襪。

「真的什麼？快說吧。」

「真的越來越師奶。」說罷，他把臭襪投向小黑。

「我認。我還要是比真師奶更師奶。」小黑隨薛哥走到浴室，拿他脫下的衣物掉進洗衣機。二十分鐘過後，薛哥大喊：「我的毛巾呢？」小黑即時應聲送上孖煙囪及毛巾。

「這條是我的嗎？」薛哥穿上孖煙囪，臉容不悅地以小黑的毛巾擦乾濕髮。

「回南天，你的毛巾未乾透。用我的，沒所謂吧，都是剛剛從乾衣機取出來的。」

小黑轉身想去看看節瓜蝦干粉絲煲時，薛哥拉起小黑衣領來嗅，他問：「這件 UNIQLO 內衣，不是我的嗎？」

看穿了。

被看穿了。

被看穿的小黑試圖撐著飯蓋，之之吾吾回話：「唓⋯UNIQLO 的內衣，件件都差不多款式。這件是我的。」

這回，薛哥不肯放過他，繼續拷問：「是你的？你何時改穿加大碼？」

「加大的嗎？難怪穿起來比平時鬆身，定必是上次網購時，一時手快『篤』錯了尺寸。」

這個解釋，薛哥本是不接受的，但，他決定了忍。

因為一屋飯香，他忍；因為肚餓，他忍；因為蒜香排骨，他忍。

直至，他「扒」至第二碗飯時，他發現坐在對面的小黑，正吮著自己專用的筷子，這下子，他火冒三丈，決定不再忍了。他想：如果小黑吮的是自己的筷子，這代表塞進自己嘴裡的，只能是小黑筷子。

這場火，終於要燃燒起來；這座休眠火山，睡醒了。

「請你不要這樣好嗎？拜託。」薛哥勃然大怒。

「什麼事？你今晚怎麼了？為什麼會特別敏感？」小黑慌張起來。

「我跟你說過很多次，我不是。我不是呀。你明白嗎？再這樣下去，我搬，下月，我不續租約了。你自己留下來吧。」

「我，我沒有。我沒有做過什麼？」小黑眼睛都急得通紅。一時焦急起來，他合起雙手求薛哥，掌心不斷互相磨擦，擦得比眼球上的閃速增生紅色攀藤更紅。

「已經不是第一次，我的內衣、我的筷子、我的杯，還有⋯⋯，不用問，我的毛巾，一定在你房！」薛哥箭步衝入小黑房間，一手潛入被窩，扯出自己用來抹身的毛巾。

「這是什麼？這是什麼？你告訴我，是不是又『篤』錯了、買多了？」薛哥把毛巾擲向小黑，一時之間，小黑只能無地自容地垂下頭來。

「我再說一次，我不是你，我是直的，我比鐵更直，明白嗎？你不用求我，現在是我反求你，我求你不要再這樣，可以嗎？很噁心。你知道嗎？就當我求你好了。拜託！！」

那夜，他們沒有一起聽音響、煲劇、打 PS5。

飯後，他們各自回房，直至兩人都同時想去刷牙洗臉時，薛哥看見走廊上的小黑，他讓小黑：「你先。」

小黑點了點頭，經過薛哥房門。

平日兩個大男人擠在一起漱口、洗臉、小便的廁所，這夜突然變得寬敞。

聽見小黑回房，薛哥才走到廁所刷牙，他發現小黑為自己換了一枝新牙刷，而為了證明牙刷是新的，小黑故意留下新牙刷的包裝在臉盆旁。薛哥看見新牙刷上的牙膏⋯⋯

他用力吸了一口氣，為什麼心裡會怪怪的？他望著鏡中的自己問：你是誰？你是薛哥。堂堂一個大男人，我會自責嗎？沒可能。

之但係，他，又用力吸了口氣。又為啥吸口大氣呢？

這一層，他，自己也解釋不來。

3.5

夜闌人靜，薛哥心血來潮想打籃球，隨便在抽屜裡抓起 Stephen Curry 的金州勇士背心，單手挾著籃球下樓，運球走到籃球場，像平時一樣，沒有熱身就直接開始……

．．．

每次運球走到籃球場入口，小黑都刻意快跑幾步，搶先運球繞過觀眾席旁的垃圾筒，爭先上籃，然後再來個三百六十度轉身後，再一次上籃。每次在陽光下，看到小黑閃亮耀目的汗水，他都會想起黃貫中的「年少多好」。他曾經是籃球狂熱份子，中學時代，年僅十五歲就已經拿下了 Nike 盃青年組與成人組的三分球大賽冠軍，其後亦不斷參加許多大大小小的三對三比賽，多次與隊友取得優秀的名次。廿多年前，他叱咤風雲，以一人藍球見稱，更是三分球大賽的長勝將軍。

為了討好薛哥，愛美怕曬的小黑都會假冒是籃球粉絲。然而，在薛哥的要求下，就算他倆不是打比賽、不是運動員，他們每次打球都要練習不停換不同方式運球，例如：胯下運球、背後運球或急停球。有一回，薛哥看見小黑練習運球時的動作欠缺靈活，他問小黑：「知不知道為什麼職業球員每天練習運球的時間多過射籃？」

面對這樣氣勢迫人的魔鬼教練，小黑就是知道答案都會鵪鶉起來，擰擰頭。

「球員在運球過程中快速變換手，目的只有一個，就是增強對防守者的迷惑性。See？」薛哥繼續教導。

「即是足球的假動作？」發問是小粉絲的權利。其實……迷惑性？這一刻對小黑來說，莫說薛哥換不換手，射與不射，都已迷惑得他幾近淪陷。

為了教曉小黑投射三分球，薛哥會選擇三分線外的不同位置如角球區、翼區等，逐一看他投籃。每個位置各投幾球後，接著再換下一個位置。這樣的目的是鍛煉他在不同位置的出手感覺。

「感覺，運動員的感覺勝過一切。」薛哥認為，要增加投籃的命中率，絕對不是抄襲NBA籃球明星的肢體動作，而是要用心感受全身的律動與協調性，充分運用全身力量投出一個拋物線的球。

「這種感覺像跳舞，重複探索並瞭解自己的身體結構，慢慢的從練習中揣摩出自己最舒服的姿勢。就好像奧運槍擊項目那個土耳其大叔所講，運動員最緊要感覺自然。」説罷，薛哥就地急停運球，然後迅速改變方向，向他倆背後的藍球架投出一個神乎其技的三分球。

「すごい！！」小黑連忙拍手叫道，小粉絲亢奮不已。

．．．

除了花草間那對忙著傳宗按代的蟾蜍叫聲，凌晨的球場很寧靜。此時此刻只得薛哥獨自在三分線外，雙腳距離與肩同寬，雙膝微彎，腳尖稍微指向籃框後，蓄勢投球。之後，他機械地連續投球，最後一球，由於用力過度，籃球撞板後反彈到薛哥跟前，他一時走神未及接球，籃球著地反彈，直衝薛哥下顎，衝力之大，使下排牙齒向上倒及，咬破了下唇內壁，瞬間血染牙齒。上下兩排牙齒微微向傷口施壓以止血，薛哥啜血的時候想起——

Law of Action and reaction！

有多大的作用力才會有多大的反作用力，薛哥對小黑發出的反作用力，證明小黑在薛哥內心的位置並非等閒，這一點，他心裡明白，只是不想承認。

那夜，他最終沒有成眠，整晚在「篤」手機。第二天早上，他背上背包走出睡房，臨行前，他貼了張紙條在冰霜上。

那夜，不止薛哥一個人沒有睡。

那夜，沒有睡的，還有他和她。

墩凳

4

甫出大阪關西機場，寒風凜冽，下顎仍然隱隱作痛，薛把大衣拉鏈拉上，拉上拉鏈還不夠，他連大衣上的4顆鈕扣也逐粒扣上，之後他打算搭乘關西機場的HARUKA特快列車前往大阪市中心。昨晚，他在梅田區東急REI酒店訂了兩晚單人房。三月的日本，櫻花開遍，很多家庭、情侶，都會在這個抹上粉紅的城市打卡。僅僅三十分鐘的車程，滿街的溫馨已令薛哥後悔萬分，他問自己為什麼每次想出走、想抖氣、想失蹤、想逃避，都只會選擇日本？本來，日本當然是沒有任何問題，但今次明顯是錯了timing，還要是大錯特錯。

三月、日本、櫻花、家庭、幸福、情侶、甜蜜，都是刻下的形容詞。反觀，看著車廂玻璃窗上的反映，用來描述自己的形容詞，就只有孤單和無聊。

走在酒店房間走廊時，薛哥才知道是盡頭那間尾房。尾房？為什麼會是尾房，正值旅遊旺季，連大吉利事的尾房都要出動的話，相信是無房可換。他駐足一會，垂下頭來，再抬頭前行。站在尾房前，他想起的，不是什麼靈異朋友，而是……

「すみません（Sumimasen，打擾了）。」星期日的早上，小黑都會輕敲兩下薛哥房門，然後入內打掃。

薛哥敲了兩下房門，喃呢了句すみません，便插卡入房，睡。

他很累，昨晚打球後到現在都沒睡過半秒，他對自己說：這一刻就算是聖母瑪利亞跟耶穌搭玉皇大帝加佛祖一起來叫醒他，他都不會給情面，一定要睡到自然醒為止。

天漸漸黑了下來，手機響起一則通知的聲音，是日本 NO. 1「約炮」平台的通知。通知說昨晚約定的援交女友已經到了大阪市北區南森町 1-4-19 South Horest 大廈地下 1 樓的「Miyori 肉料理」。

援交女友清水小姐推薦這家「Miyori 肉料理」。她大讚這是一家可以享受肉類料理盛宴的餐廳，由於價錢偏貴，最近一次到「Miyori 肉料理」已是 2023 年的除夕夜，所以她很想跟薛哥一起吃那裡的烤肉。她暗示，吃了店裡的「Gyu-mabushi」，保證整夜都精力充沛，不會想睡！

清水小姐是這樣介紹的：「因為店家最引以為傲的，是選用優質黑毛和牛製成的『Gyu-mabushi』，透過在木炭上一遍又一遍地燒烤肉，醬汁浸入肉中，賦予其甜鹹鹹甜間互換的味道。下飯時，還可以直接享受到濃郁的肉香，再加入調味品和湯汁，真正品嚐優雅滋味。除此之外，店內還有多種葡萄酒可供選擇。我們可以先訂私人包廂，一邊喝酒，一邊品

『肉』。還有，這一點是最適合您的，就是可以在包廂點播任何自備的音樂。這樣，我們便可以在那裡度過美好時光。」

另外，清水特別注明「只想吃一頓『Miyori』，帶晚餐錢和開房費就好」。這女孩子是小U的同類，民以食為天之餘，亦坦白得可愛。

原來這個清水今早已致電Miyori，訂了一間全店最隱蔽的包廂，還比相約的時間早了二十分鐘。她點了鰻魚和Gyu-mabushi和紅酒，一切打點妥當後，便淡淡定定地等「開餐」。

當薛哥趕到包廂時，清水已經喝掉半枝紅酒，雖然喝得兩頰泛紅，但一見薛哥出現，清水亦本能地脫下外套，上前拖著「炮友」埋位。

點火了，爐火紅起來了，清水小姐急不及待地「自燒自」的，她把半吋厚的燒肉一片一片鋪開，圍了半個爐面，宛如一位熱情的廚師，準備在這場宴會中大展身手。她一口肉一啖酒，相當豪氣，彷彿這是她人生中最重要的時刻。每當她咬下那塊肉時，嘴裡發出滿足的咕嚕聲，像是小貓咪吃到最愛的罐頭。

小姐偶然會自拍幾張，又會在包廂內大跳辣舞，向薛哥擺出各種撩人舞姿：自撫、搓奶、吮指、深蹲、拱橋、電臀等，傾巢而出。看著她時舞時肉時酒，薛哥感覺自己是一隻被活劏的水魚，魚販雙手高舉著他，把水魚活活撻在砧板上，然後用力按下其軟殼，每按一下，水魚即時噴水，那情景簡直讓他想起了幼稚園的科學實驗——噴泉模型！他看著一桌燒肉酒水，不禁想：自己也算不出共噴了多少口水。

整頓飯，他嚐了兩片牛肉、扒了幾口醬汁生蛋伴飯及兩杯 2002 智利 Merlot。平日閒賦在家，反而有人殷勤服侍，醬汁、啤酒、竹籤、毛巾，未開口就早已奉上。如今，人在外地，被宰是旅費的一部份，但說到要自燒自吃，這下子則諷刺得可笑。就像一個小孩在游樂場裡玩得不亦樂乎卻忘了帶錢包。

「美味しい？(Oish?)」清水小姐張開大腿，騎上了薛哥身上，那姿勢驚得他差點從椅子上滑下來。薛哥紳士地點了點頭，但心裡卻在想：這樣的美味怎麼能夠抵擋得住呢？

清水小姐慢慢拉起自己的短裙，直至讓「水魚先生」清楚看見自己修剪整齊的恥毛。這一幕如同電影中的慢動作場景，不禁讓人想起那些古老的浪漫喜劇。「媽爹！」原來專業的清水小姐根本沒穿內褲，她拿起酒杯把紅酒往 G cup 罩杯內倒下，那動作流暢得像是在表演魔術。

然後，她純熟地抓起「水魚先生」那雙無力反抗的手，引領「水魚」兩手潛入濕透的蕾絲乳罩內。邀請對手放肆地欺凌她那對渴望被釋放的「G奶」，就像是邀請朋友一起品嚐剛出爐的熱蛋糕。清水小姐嫌「水魚」太斯文，最後索性粗暴地把「魚頭」沉浸在自己的 G cup 波濤中。那瞬間，彷彿整個世界都靜止了，只剩下他們之間的火花。

薛哥心中暗想：這樣的情景簡直比任何喜劇都要精彩。他不禁笑出聲來，心裡卻又有些慌亂：這到底是燒肉還是燒心呢？不過，在這樣一個充滿幽默與激情的夜晚，他知道自己再也無法逃避，只能隨著這股熱潮一起沉淪下去。

「美味しい？美味しい？」清水小姐再度質問，眼神中閃爍著一種期待的光芒。沒等到薛哥回話，她便迅速跪在地上，拉開「水魚先生」的褲鏈，那動作快得像是要在比賽中搶先發球。

然而，當她看到「小水魚」還未長大，便打算出手……卻被薛哥一把拉上褲鏈，封閘！他豎起食指，像是警告的信號，指向對面的東急 REI 酒店。清水小姐瞬間醒悟，像個乖巧的學生般站了起來，迅速穿上外套，半醉半醒地倚著薛哥朝酒店走去。

房門一開，清水小姐第一時間光顧洗手間，扣喉的聲音響徹整個房間。薛哥聽到她嘔了兩轉，那聲音彷彿在告訴他：今晚的晚餐似乎有些過量。隨後，他聽見水龍頭的聲音，清水小姐開始沖涼，那水流的聲音如同一首輕柔的搖籃曲，把薛哥的心情稍稍安撫。

待她穿上浴袍走到床上時，薛哥正在嚴選成人台的 AV 作品。他心裡暗想：這可真是一場奇妙的夜晚，從燒肉到洗澡，再到這些成人影片，每一步都像是一部荒謬的喜劇。屏幕上的畫面閃爍著光影，而他則像個觀眾，準備好享受這場即將上演的表演。

清水小姐一坐下來，就用那雙水汪汪的大眼睛盯著薛哥，嘴角勾起一抹微笑。「你在看什麼呢？」她問道，語氣中帶著幾分調皮。薛哥故作鎮定地回答：「哦，只是在選擇今晚的娛樂節目。」

1.《魔鏡號》：素人女優會進入一部名為魔鏡號的特殊專車，該專車設計為能夠從車內看見外面場景，而車外的人是看不到車內的情況，在這種情況之下在大街上進行羞恥性愛的系列作品。性愛的同時還能看到外面的景象，可說是超乎現實，參與演出的女優也都非常害羞，而這種羞恥的姿態便是魔鏡號系列大受歡迎的原因，也因此成功締造了銷售佳績。

2.《溫泉旅行》：在一天兩夜的溫泉旅行中盡情攻陷女優的作品，無論是在前往目的地的車中、溫泉旅館的房間、露天溫泉，任何地方都能看到男優與女優的性愛場景，溫泉旅館中一定會出現的浴衣性愛為這系列的特色之一。

3.《爆乳女僕》：穿著性感服裝的女僕會全身包覆潤滑油進行性愛的系列作品，女僕裝既可愛又性感，再加上塗抹大量的潤滑油，光是看就讓人受不了了。

4.《M男專用泡泡浴》：「無前戲即性愛人妻」。不論心裡還是老二都不正常的處罰、獎勵、猛攻。M性感與泡浴快樂的最狂融合。

5．《色色按摩》：女優在按摩店為男優按摩，她們穿上超性感的按摩制服，為男優提供色色按摩，制服的設計與品質極高，既色情又可愛。

6．《1日10回》：被下達一個月之內禁止自慰與性愛命令的男優及女優，在一個月後相遇時所迸發出的激烈性愛。男優射了一次又能夠馬上進行第二次性愛，簡直跟動物一樣，一次又一次的連續性愛正是這系列的賣點。

7．《彼女》：主角為「我」、「女友」、「女友的姐姐」三人。到女友家中耍樂時，不知道為什麼被女友的姐姐誘惑，背著女友與姐姐進行性愛的系列，被女友姐姐吃得死死的這個設定，真的太棒了！

8．《遭人睡走》：女優一開始露出厭惡的表情，然而身體卻漸漸有反應，之後進行一場又一場的NTR性愛，不過這系列的質素會依照女優的演技而有所浮動，點播前要慎選一點。

9．《超絕倫弟》：姐姐與弟弟近親相姦。片中可看到姐姐調戲處男弟弟，弟弟一經誘惑，便被弟弟壓倒反攻的性愛場景。背景設定貼近現實，感覺在生活周遭也有可能隨時發生，想到這點已令人雀躍萬分。

10．《打真軍》：清水小姐……

「娛樂節目?」她輕笑著,「你這樣可不太紳士哦!」說完,她便朝他靠近了一些,浴袍隨之微微打開,那一瞬間彷彿整個房間都被她的魅力所填滿。

「我可是專業的娛樂節目製作人!」薛哥故作認真地回答,心裡卻在想:這樣的情況簡直比任何電視劇都要精彩。他們之間的互動如同一場即興表演,每一句對話都充滿了幽默與火花。

就在這時,清水小姐突然站起來,做了一個誇張的舞蹈動作,「那我們就來一場即興表演吧!」她邊說邊轉身,在房間裡旋轉起來,如同一隻自由的小鳥。薛哥忍不住笑了出來,「你這樣會把我笑死的!」

「那就讓我們一起笑死吧!」她挑眉回應,隨後又坐回床上,用手撫摸著浴袍邊緣,彷彿在思考接下來該如何展開這場荒唐而又刺激的夜晚。

薛哥心中暗想:今晚的一切就像是一場精心編排的舞台劇,而他們兩人正是這部劇中的主角。在這充滿幽默與激情的氛圍中,他知道自己再也無法逃避,只能隨著這股熱潮一起沉淪下去。

清水搶去薛哥手中的電視搖控器後,脫下浴袍,再次騎在他身上。她替他脫光衣服,然後以她一對戰無不勝的「胸器」為他按摩,由鼻尖一直按壓、按壓、按壓的按到「薛頭」。

可惜，貪睡的「小薛」依然未醒。清水坐起身來，試圖用她那塗上白色腳甲的腳趾輕輕戳他，像是在喚醒一隻沉睡的貓咪。她的腳趾在他臉頰上輕輕劃過，感覺到他的肌膚溫暖而柔軟，卻如同觸碰到一塊沉重的石頭，毫無反應。她心裡暗想：這小子真是個死豬，怎麼叫都叫不醒。

她努力地伸出手、足、甚至用嘴巴去親吻他的臉頰，嘴唇輕柔地在他皮膚上滑動，像是試圖灌溉一朵枯萎的花朵。然而，薛哥卻像一塊沉重的岩石，完全沒有要醒來的意思。清水心中漸漸升起一絲不安與焦躁，她想著：難道今晚的努力都白費了？

最後，她決定使出「終極武器」——利用恥毛與恥毛間的磨擦，企圖擦亮「薛頭」。她與薛哥十指緊扣後，在他身上架起M字腿，那種親密的姿勢讓她感受到一股強烈的刺激與期待。她能感受到自己的心跳加速，每一次呼吸都充滿了渴望和不安。這一切彷彿是一場精心編排的舞蹈，但她心中卻隱隱感到一絲不安。

清水開始用恥毛的磨擦與陰唇的濕潤，一剛一柔地在「小薛」身軀上擦上擦下。她奮力擦著，直到紅唇發紫變瘀，那種強烈的刺激讓她感到既興奮又沮喪。擁有驕人「胸器」的清水，本來是信心滿滿，但這次卻被失敗的感覺徹底擊倒。她心中充滿了懷疑：難道這就是所謂的命運？為什麼「小薛」如此難以喚醒？

就在她陷入沮喪之際，薛哥終於輕輕的推開了她，獨自走去沖身。清水心中一陣失落，卻又不甘心。怎料好勝的G奶，箭步竄進企缸，她要跟薛哥共浴。她像樹熊似的張腿環抱著他，在柔和的燈光下，那暖洋洋的「波光」份外誘人。

他們親吻起來，彼此的唇瓣緊緊相貼，清水能感受到薛哥嘴唇上的溫度和他呼出的熱氣，如同在寒冬中找到了一股暖流。在交換唾液之同時，薛哥一手探入清水私處，另一手則猛然自瀆。他那靈巧而有力的動作讓清水感到前所未有的快感，她的叫聲如潮水般一浪接一浪地在薛哥耳畔響起。「すごいすごいすごい！」她驚呼著，那聲音如同音樂般在浴室裡迴盪。

隨著情緒的高漲，薛哥讓清水慢慢著地，而自己則披上毛巾走到浴室門框。他站在浴室地毯上，欣賞鏡中仍在洗澡的清水。那對綻放欣賞之情的眼睛，他很熟悉，小黑經常站在浴室外觀看鏡中沐浴的自己。小黑對自己的迷戀，他是感應到的，他是接受的，他是享受的。

這樣的一幕讓他感到一種奇妙而又熟悉的連結。在那瞬間，他不禁思考：或許生活本身就是一場無止境的探索，每一次相遇與分離都是命運編織出的獨特旋律。而此刻，他和清水小姐正是這旋律中的主角，在彼此身上尋找著某種深刻而又難以言喻的意義。

清水在浴缸裡翻轉著，她那修長而優雅的身體在水中閃爍著光芒，每一次動作都如同藝術品般完美無瑕。在這柔和燈光下，她的一切都顯得如此迷人，而薛哥則如同被施了魔法般，被吸引得無法自拔。他知道自己正在經歷一場夢幻，而這場夢幻似乎永遠不會結束。

鏡裡這對綻放欣賞之情的眼睛，薛哥很清楚，小黑就是經常站在浴室外觀看鏡中沐浴的自己。小黑對自己的迷戀，他是感應到的，他是接受的，他是享受的。

4．1

第二天早上起來，清水已不知去向。薛哥亦開始展開第二天的行程，他鎖定了心齋橋的「自由軒」，再次品嚐那裡的正宗大阪風味咖哩飯。

被許多媒體譽為「大阪名物」難波美食之一，是為大阪最古老西餐廳「自由軒」之百年名物「月見咖哩飯」，滋味超特別。

甫坐下，下單後五分鐘，「月見咖哩飯」（750 日圓）立即上場。端上來的咖哩飯，咖哩與飯已經攪拌均勻了，上面再直接打了一顆生雞蛋，不只蛋黃，連蛋白也一併放上，精瑩通透的蛋白放在桌上時仍微波盪漾著，日本波，不是，日本蛋，果然零舍不同！

媒體引述「自由軒」老闆的忽發奇想：「把冷飯與熱咖哩拌勻後在放上一顆生蛋，沒想到外觀與口感都深受顧客喜愛，於是一賣就超過了百年。」

看著完美無瑕的日本蛋，薛哥捨不得下手。突然，腦海飄過小黑一句「手機先吃！」，他取出手機，拍下印有「自由軒」碟上的「月見咖哩飯」，他把焦點放在蛋黃正中，然後拍攝。美中不足的是，老店的燈光照得食物偏黃，但正正是這一抹淡黃把百年老店的味道，超越二維空間。

薛哥手起筷落，一雙筷子插在蛋黃中央攪拌起來。

「你這樣一時順時針一時逆時針攪動，破壞了賣相，而且亦不能令每粒飯都沾上蛋汁。再者，日本人吃飯，是用眼的。賣相差的，不會好吃。」小黑的聲音再次響起。令原本只想快手拌勻雞蛋的餓男，突然變得溫柔地從蛋黃中心開始畫圈，而且一圈比一圈大的攪拌開來。

「不錯吃！」薛哥放下碗筷，準備到男孩天堂「日本橋」。很多人認為秋葉原、中野是男人樂園，但他獨愛大阪「日本橋」。他每次走進「日本橋」，沒半天都走不出來。是次，他如常以「Jungle 玩具店」為起點，一直走到「Mandarake」才折返。

位於大阪日本橋堺筋通的「Jungle」。從最新動漫公仔到特殊攝影商品、超合金機器人、高達模型、復古玩具等，是各種新舊商品豐富齊全的嗜品店。店內、店外都有不少真人大小的公仔和巨大軟膠模型等原創商品。兩層樓高的店，到處排滿了公仔和玩具。

對上一次來的時候，他買了整套70年代日本製的十二吋哆啦A夢搪膠公仔，整套的意思是包括：哆啦A夢、哆啦美、野比大雄、大雄父母、大雄祖父、大雄高祖父、靜香、胖虎、胖虎媽媽、胖虎妹妹和小夫共十二個角色。薛哥是搪膠忠粉，也是哆啦A夢粉絲。自小他就希望身邊有個像哆啦A夢的朋友，替他排難解憂；陪他吃喝玩樂；與他四處冒險。那次，差點就買不成。

那次，「Jungle」店員說獨欠「胖虎妹妹」，有胖虎怎能沒有胖虎妹妹？薛哥是典型兩極化的人，不是一，就是零，沒有中間數的。面對這缺憾，他乾脆對店員說：「不要了。不用留給我。」後來幾經波折，「Jungle」老闆為他找來失落的十二吋虎妹搪膠，薛哥才願花此 120,000 日元。

．．．

「搪膠很香，好像嬰兒身上的爽身粉味。」小黑從大廳酒櫃中，小心翼翼地拿出哆啦美來玩，還嗅了嗅她的腳底。

「就是，怎麼可能有哥沒妹呢？這是在大廳中央陳列『遺憾』。簡直反智！」

「有這麼嚴重嗎？」

「當然。」

「嗯，我有一套《我們這一家》扭蛋公仔，但就是少了花老爺。」

「怎能容忍這樣的事發生？」

「沒辦法吧。少人喜歡花老爺，二手市場上自然罕有。我找過，都是徒然。」

. . .

對了。驟然間，沒精打彩的薛哥好像吃了補充劑，渾身是勁，他想到了，他知道自己要什麼，他知道自己要找什麼，他決心要在日本橋找到花老爺，他決心要帶花老爺回香港。

開始時，他抓著 Jungle 店員要他認真看看自己手機裡的花老爺：「？」

店員擰擰頭。但是他不相信店員，決定親自巡店。每一粒擺設，他都埋首嗅著看。

離開 Jungle 之後，他沿途巡過 Hero Gangu、Volks Osaka Showroom、Toy's Seiya、Hobby land Pochi 、Joshin Super Kids Land 及最終站 Mandarake Grand Chaos。由 Jungle 走到 Mandarake Grand Chaos，大概是 200 米的距離，以薛哥的速度，三分鐘內便可走到 Mandarake，今天他卻用了6小時。

Mandarake 是他的最後希望，因為它是一家二手商品店，專門販賣各類動漫周邊商品、漫畫、遊戲和模型。這裡的商品往往具有收藏價值，適合尋找稀有商品的顧客。

「我找過，都是徒然。」腦海閃過小黑無奈的表情。

於是，他鉅細無遺地再從 Mandarake 走回 Jungle 時，重新把街上每家店都重新掃描一次，就連沿路上的女僕 cafe，他都逐家掃描尋找花家蹤影。

年紀大了，六小時搜索行動仿如守奪去薛哥半條人命，他累得當街當巷敲膽經，敲得有點餓，又想起中午咖哩飯面的蛋。

蛋？

蛋。

對了。是蛋，是扭蛋，是自己一直走錯了方向，既然是扭蛋玩具，當然是要去扭蛋專門店王 gashacoco Shinsaibashi BIGSTEP。薛哥又再次全身充滿力量，拔足飛奔到心齋橋 1-6-14。Jungle 跟 gashacoco 相距 1.5km，如果步行要20分鐘，跑的，最快則要7分鐘。以四十八歲的體能來說，7分59秒的時間很理想了。

他笑得很開心，7分59秒裡全程邊跑邊笑，這是充滿希望的笑，這是願望成真的笑。他走到美國村三角公園旁的「BIG STEP」，在中庭入口的木造樓梯下面就是一整排的扭蛋機。他在樓梯下往上望，「gashacoco」的白色 logo 剎那變成《風月俏佳人》的茱莉亞羅拔絲，在《茶花女》一曲 Dammi tu Forza, O Cielo 伴唱下，薛哥化身李察基爾，一鼓作氣衝上一樓，想著逾二千部扭蛋機，他有信心一定可以帶花老爺回家。

為免有任何遺漏，他先在店內兜一圈，發現店內的機是按主題和系列來擺放的，如動漫角色系列、動物系列、恐龍系列、食品模型系列、遊戲系列、懷舊系列及 Crossover 系列。視察環境後，他先攻懷舊系列，如在懷舊系列落空，才轉攻 Crossover 系列。他轉身跑往懷舊區，一眼就看到《我們這一家》的扭蛋機，全場只有一台！

他抱著這台機說：「是你了。我終於找到你了。」這個古怪而孤獨的大叔，他的舉動驚動了店員，店員見他異常激動的情緒，而且眼泛淚光，便上前慰問。

不知怎地，這個時刻，薛哥要爆發了。他的鬱結、疑慮、空虛、自責、內疚，通通一次過爆發出來，他緊抱著惟一一台《我們這一家》扭蛋機，如同得到救贖一樣。

「我要帶你返香港，我要帶你返香港。我要帶你返香港！」一直以來，無風無浪兼不痛不癢的感情生活，從來未曾令薛哥如此激情過。當下，縱使他背後有兩位保安大漢要拉走他，他也抱緊扭蛋機，不肯放手。反正，這兒是日本，在沒有人認識自己的國度，他把心一橫，放聲豪哭，把抑遏了半年多的負能量一次過排洪般釋放。後來，有一位日本小弟弟上前抱著薛哥並替他拭淚，才使他冷靜下來。他環顧四周，萬幸的是場內不算多人，他以紙巾掩著嘴臉對店員說：

「I BUY THEM ALL.」

付款時，他逐隻扭蛋高舉在白燈下照，肯定了其中兩隻是花老爺來的。他才安樂，他才放心，終於可以攜同花老爺去醫肚了。他選擇了在道頓堀的「鶴橋風月」，並鎖定不二之選——招牌風月燒。

「薛哥。」是小戴，薛哥在台灣即時影音串流平台的舊同事。

「好久不見，最近好嗎？」

「真的好久不見，你過得怎麼樣？」薛哥望了一眼小戴身旁的男性朋友。

「忘了介紹，他是我『老婆』，小文。」

「你好，小文。」

「Hello。」小文有點害羞。

「哥，一個人？不介意的話，我們一起坐，敘敘舊，好嗎？」小戴問。

「當然好。坐坐坐。」

他們點了招牌風月燒、摩登燒、香蔥牛肋月見大阪燒及海鮮摩登燒。薛、戴二人重逢，從天南說到地北，全程由小文來服侍兩位哥兒。

招牌風月燒到了，小文技巧純熟地把麵糊、配料和醬汁混合，在鐵板上煎至金黃色，再切成四份，分到薛哥碟上，然後為他的戴哥添酒。

摩登燒是小文最愛，待麵糊、配料、醬汁都混好煮熟後，小文一邊淋上適量醬汁，一邊樂極忘形地大手淋上美乃滋。最後還加了點海苔粉和一味粉。

「小文，不怕肥嗎？別老嚷著要減肥。」小戴怕怕小文的手。小文扁嘴，然後改掛大號笑容，唇紅齒白，散發著令人妒忌的青春氣息。小戴一時說得興起，打翻了酒杯，小文連忙替他抹褲，並為他取杯、斟酒。小文的體貼和細心，薛哥看在眼內，內心卻酸過冷壓檸檬。

「如果不是昨晚發神經的話，我也有人對我這麼好。」薛哥似乎開始後悔了。

「哥，多吃點，吃多一份香蔥牛肋，我記得你是牛肉控。」

「小戴記性真好。我也記得你是海鮮控。這份就是你……們的。」小文表現緊張的抓著小戴手臂擰擰頭。

「小文不吃海鮮？」

「他不是這個意思，只是我們待會到那邊的酒吧，那家同志吧 The Suite。那裡的廚師、調酒師都是美國來的，小文要留胃吃甜品。你有沒有興趣跟我們一起去玩玩？」

「好。人一世物一世，就去見識見識。」

小戴吩咐小文結賬，他是個重情的人，前幾年，他在直播時失言，得罪高層中的高層，幸得薛哥幫他拆彈，他才逃過被趕盡殺絕。他倆在店外等小文買單時，薛哥忍不住問：

「何時結婚？為什麼突然……突然……那個？」

「玩太多了吧，這麼多年來都沒一個是認真的。不曉得，大概是受你影響的啦？」

「我？」

「你的口頭禪『人一世物一世』。你剛剛才說過。」

在 The Suite 同志吧內，小文點了三人的酒，便匆匆拖著小戴上舞池，他們額頭貼額頭，好不甜蜜。也許薛哥在下午時哭過，眼睛被射燈照得有點刺痛，眼角存了點眼水。一位年約廿歲的陽光少年，遞了一張紙巾給他，然後他們開始攀談起來。

陽光少年名叫梓晴，一個比較中性的名字，他交叉雙手的伏在吧檯上細聽薛哥說話。梓晴是大學生，修讀危機管理，還未畢業，對薛哥的工作深感興趣。

「可能是我修危管，很喜歡聽你剛剛說的拆彈故事。」

「那些不是故事，是真實事件，是 history。」

「就是，你經歷過的，就比我學的更踏實。」

「你太誇張了，為了哄老人家，就說謊。」

「我不。不，是你不。你一點也不老。」

「我啊，即將『入伍』，你知道『入伍』是什麼意思嗎？」

「不是服役嗎？」

「香港不用服役。」

「那是什麼意思？」

「快將五十歲。我可當你爸的啦。」

「你不像。你比我爸帥多了。薛哥……」

「嗯？」

「薛哥……」不知不覺間，梓晴也喝了4樽黑啤，他的臉越伏越貼吧檯。

「怎麼啦？醉了吧？」薛哥推了梓晴一下。

「薛哥……我想，我已經愛上你了。」說畢，梓晴的嘴就貼在薛哥唇上。

薛哥看著梓晴的眼睛，想起王菲的《夢遊》，他心想弊傢伙了，我「望著你雙眼想著別人」，今次出事了。他滿腦子都是小黑，那次跟小黑看《權力遊戲4》，小黑兩度假意吻自己時，「小薛」都曾經有過這刻充血的反應。沉睡的「小薛」半年沒充過血，為什麼會突然甦醒？他緊張起來，推開美少年梓晴，不跟小戴道別，就直接退房回港。

「小薛，請你不要玩弄我好嗎？拜託！」

4.2

回到西貢北港坳8B三樓，接近凌晨，或許小黑已經睡覺。

薛哥獨自坐在大廳，在梳化倒出所有由大阪帶回來的「花家」扭蛋。他專注地挑起「花老爺」扭蛋。因為不想敲小黑房門，他惟有等，一直等，一直等他出房。待會無論小黑上洗手間好，還是出來斟水也好，他都要搞清楚。

人一世物一世。一定要搞清楚。

他的眼睛一直望著走廊，期待小黑的出現。

時間在空氣中悄然流逝，像沙漏中的細沙一樣，無法挽留。薛哥突然感到一陣急迫，腸胃的信號如同一首無法忽視的旋律在肚中迴響。他站起來，正要朝洗手間走去，卻意外看見小黑在走廊上。那一瞬間，他強制遏抑便意，心中不由自主地想起前晚的情景，對小黑說道：

「你先。」

小黑擰了擰頭，似乎在告訴他自己並不打算進洗手間，而是走向冰箱斟茶。薛哥的心情因小黑的冷淡而愈發焦急，眼球不斷追隨著小黑的背影。他的腿也像是被某種力量牽引著，不由自主地跟了上去。這個背影讓他想起了中二時期的學姐，那些年少輕狂的回憶在腦海中翻湧，幾次幾次，他差點就能觸碰到她的心，但總是被那份懼怕所阻止。「這麼近那麼遠」，這句話在他心中迴響著，讓他感到一陣莫名的苦澀。如今已是什麼年代？張學友都已經「登陸」了，那麼伸出手來，不就能夠抓住嗎？

千鈞一髮之際，薛哥鼓起勇氣，一把捉住小黑的手，不讓他離開。小黑驚訝地轉身，四目交投的瞬間，薛哥想要說什麼，但話語卻卡在喉嚨裡無法吐出。小黑似乎不打算給他發言的機會，直接吻向了他的嘴唇。兩人舌劍唇槍地熱吻著，那份激情如同烈火般燃燒，而兩人也在此刻同步亮劍。

就在最關鍵的時刻，小黑握住「薛劍」，帶著他走進洗手間。他微微俯身站在臉盆前，讓薛哥站在他的身後。小黑反手引導著「薛劍」闖入他的體內，他站直起來，讓薛哥緊緊抱住他的腰。每一次推進都帶來一陣顫動，小黑的腳尖在地磚上隨著節奏一縮一放，如同某種古老而神秘的儀式。

鏡子中的倒影映出兩人的身影，小黑看到薛哥陶醉的模樣，更清晰地察覺到他雙手在自己胸膛與腹肌上撫動的感覺。薛哥嗅著小黑耳畔，那裡頸上的青筋比平日更加粗壯、耀目而性感，他心中的叫聲如同急促的鼓點，在空氣中回蕩。

看著鏡中的薛哥，小黑開始自瀆，那是一種無法抑制的渴望與衝動。在這個瞬間，他們彼此交織成了一幅充滿欲望與激情的畫面。當薛哥成功出征後，看見仍在默默耕耘的小黑，他不由自主地伸出那隻大而厚重的右手，帶領著小小黑登頂。

之後，兩人才發現，原來無二一直在門外觀摩。

「無二，我們吵醒你嗎？」小黑問。這次的「我們」令他感到光明正大，名正言順。他洗過手便抱起無二，更用牠的小手摸摸薛哥的臉。但是，薛哥卻一時臉容扭曲。

「什麼事？」小黑馬上放下無二。

「沒什麼，幸好……剛剛是你前我後，則否就大件事了！」

「什麼大件事？」

「沒什麼，我怕你會大叫：『Oh！Shit.』。好了，不好意思，兩位，我實在再忍不到了。」

⋯⋯

那夜，在大廳三座位的梳化上，小黑睡在薛哥的大腿上拆扭蛋，一邊拆一邊聽他尋找「花老爺」的過程……

「在大阪，一定要吃『自由軒』碟上的『月見咖哩飯』，熱乎乎的咖哩拌勻冷飯後加顆生蛋，真是不枉此生，你一定要去吃，我帶你去。」

「好啊好啊，聽見也餓。你呢？」

「我有司華力腸，趁熱食的話，真是不枉此生，你一定要吃，我給你吃。」聽後，小黑別過頭向「小薛」位置，張口假裝大口進食，然後回頭望著薛哥給負評：

「不夠脆口！」

「不脆？脆得啪啪聲。不信我拿出來啪幾聲你聽。」薛哥的自信心回來了！

「我信我信，但我今晚比較想聽你講講找到花老爺的經過。」

「哦⋯我看見咖哩飯上的生蛋就想起扭蛋，於是直接跑去大阪最大的扭蛋店，就是這樣找到這兩隻花老爺。」雖然薛哥大手刪掉自己歷盡艱辛的尋蛋經過，但就此輕描淡寫的幾句話，已聽得小黑忍不住口，他一口又一口的品嚐著燙手的司華力腸，正準備深喉的一刹，薛哥抱著小黑的頭問：

「你有沒有胃酸倒流？」

「有。又如何？」

薛哥閉上眼睛：「照殺。」於是，他倆各自閉目，繼續沉浸式的廝殺。

⋯

當晚，薛哥沉沉睡去，小黑則在他身旁滑手機。他在油管看到題為「香港の男性、ガチ

ャガチャの玩具を探して公然と涙を流す」（一名香港男人為了尋找扭蛋玩具而當眾痛哭）的短片，來自大阪一大型扭蛋店的CCTV。畫面中一成年男人坐在地上，雙手抱緊《我們這一家》扭蛋機，畫面雖然沒有聲音，但片中男子哭成淚人的狀態，於使「黑」心戚戚然。

「正傻瓜。」小黑吻了一下薛哥的臉，便一手握著「花家」蛋，一手放在「薛蛋」上入睡。

4·3

「上午9時，超強颱風毒蠍集結在香港之西南偏南約400公里，即在北緯19.2度，東經112.3度附近，預料向西或西北偏西移動，時速約15公里，橫過南海北部，大致移向海南島至雷州半島一帶。與毒蠍相關的雨帶今日仍會影響珠江口一帶，為本港帶來狂風驟雨，雨勢有時頗大，間中有猛烈陣風。

本港地區今日吹強風至烈風程度東至東北風，漸轉吹東南風。多雲，有狂風驟雨及雷暴，雨勢有時頗大。海有非常大浪及有湧浪。最高氣溫約29° C。稍後風勢減弱。展望明日（7日）風勢逐漸緩和，但天氣仍然不穩定，初時雨勢有時頗大，海有大浪及湧浪。隨後一兩日驟雨逐漸減少。

過去數小時，毒蠍繼續採取較為偏西的路徑移動，逐漸遠離本港。預料本地普遍風力會逐漸減弱，天文台會在下午12時40分改發三號強風信號。」

從天文台掛上8號烈風或暴風信號起，薛哥一句「很懷念小時候一屋人全神灌注收聽颱風消息的感覺」，西貢北港坳8B三樓的電台廣播就沒有停下來。早上十時許，小黑如常進入人妻模式，機械性地把1勺 麥芽糊精粉、5克L-亮氨酸、1克 HMB、2勺 Vanilla Impact Whey Isolate、1根成熟香蕉及 200 毫升能量水倒入攪拌器打至均勻後，遞給薛哥。

「幫我轉入杯。」又是薛式指令。

「不吃早餐？十二點八才改發三號，要這麼早出門嗎？」

「三號、八號是天文台發給受僱人士看的。我是自僱人士，當然是要自己顧自己。」

「那…今晚幾點回？」

「活動完了打給你。」

．．．

小黑打從心底裡感謝颱風毒蠍，因為毒蠍的威力把村口對開兩棵約十米高大樹吹折，橫亘行人路及馬路。眼看烈風吹起鐵皮屋頂、推動村口的「錢七」、連鎖打翻蠔排及湧起兩米白頭浪等種種不可抗力的現象，加上時有碎石、樹枝、鋁罐敲窗的聲音，小黑整夜怕得輾轉反側，徹夜難眠。夜半三點，他仍在擔心落地玻璃的安危，大嗑一口威士忌便上床把腹肌貼在薛哥背上，二人疊在一起，希望湯匙式（Spoon）睡姿可減輕恐懼。

有研究指出，在未婚的伴侶關係中，有 69% 的男性不希望自己變成被從後方抱著的「小湯匙」（即被抱在懷裡那位）。雖然薛哥早已跟周公談天，但當感到自己當了「小湯匙」時，便本能地醒來扳過小黑身軀，執意奪回主動權後，溫柔地從背後環抱著他的他。

在 MBTI 16 型人格測驗中，屬於「ENFJ 主人公」的薛哥，這位天生的領導者這下子從後逆襲，並命令十指在小黑胸腹間彈奏起《Flight of the Bumblebee》，勒令雙手要像大黃蜂成群結隊涉獵小黑身上的每絲神經及每個敏感地帶。薛哥的彈奏技巧不愧是演奏級，如說「台上一分鐘，台下十年功」，以他的功力來說，至少有二十年。有如魔咒的薛指，喚醒了丟了三魂七魄的小黑，呼喚他竄進被窩裡，與「小薛」明快激昂地吹奏起來。儘管毒蠍在室外刮得大樹倒下，殺聲震天，然而，睡房內可歌可泣的交響樂亦半點不輸，而且兩者內外夾攻合奏的震撼力，為這個超級颱風夜劃上叫人讚嘆不已的句號。

……

「燉凳」。

「燉凳」。

「燉凳」。

「燉凳」。

「燉凳」。

「燉凳」。

餐桌上的手機連續六則 LINE 私人訊息，來自薛哥的手機，屏幕上不斷閃著 LINE 的通知。

小黑擦乾手上洗潔精泡泡後拾起手機一看，臉色一沉，然後，薛哥的指令又來了。

「我忘了帶手機，你『航拍』給我。」

「好。」小黑把手機放置在航拍機的貨籃，然後搖控它運送到薛哥手上。薛哥待在村口接過手機後，隨即揮手打發小黑並躍上的士。

「我算什麼？阿四加牛郎？」小黑站在露台，越想越生氣。

「真激氣！無時無刻的『燉凳、燉凳』，總是響過不停！」

「還要全部都是不顯示內容的。」這下子，小黑似乎被「凳」倒了。

人類的情感，不論男女、男男、女女，還是男女男、女男女，一概是這麼飄拂和脆弱。幾小時前還興高采烈，覺得自己掌握一切，生活幸福美滿……，刻下卻被連續六發私信當頭棒喝，轟至體無完膚，擊得天昏地暗。小黑整個人頓入離魂狀態，心神魂遊太虛之時，身軀卻嵌在梳化裡，抱緊咕臣看電視。

「燉凳！」是 Netflix 開台的音效。小黑續播泰劇《虔誠誘罪》……

森林寺的多爾法師，自小在森林寺當小沙彌，成年後一直是森林僧人，在森山小寺裡過著苦行僧般生活。一天，他受劇中兩位主角「騙徒贏、幹」的邀請，跟他倆大老遠跑到騙徒地盤普蘭寺講經，並在那裡認識了「女一」寶兒。

原本只答應留在普蘭寺三個月的多爾法師，在跟寶兒相處的90天裡，縱使被安排了密不透風工作，如講經、拍片、接受訪問等，就算多累，只要看到一起工作的寶兒，多爾都會提起精神撐下去。及後，他更同意跟寶兒走遍泰國南北。不論風雨，他都披袈裟、穿草鞋的跑到大小寺廟，目的只為配合寶兒。他在不問回報、不辭勞苦、默默付出的日子裡，已經不知不覺，甚至不能自拔地愛上寶兒。最後更泥足深陷得為愛情改宗，決定留在普蘭寺當僧人。

．．．

「這個多爾很帥。」小黑指著電視説。

「帥得過我？」薛哥狂言。

「他的聲線很祥和，很適合當和尚。」小黑沒有回答薛哥問題。

「也是。我剛剛睡著了，如果不是你讚他的話嚇醒了我，我都不知有這個演員。」話畢，薛哥又繼續「釣魚」。而小黑則獨自看至大結局……

「很慘！很慘！很慘！」小黑拍醒薛哥。「他為了寶兒改宗，最後才發現她是騙徒之一。一時之間，換轉是我，都一定接受不來。很可憐。」

「有多慘？是他自己選擇的。還有，單看人設就知結局啦！小和尚自出娘胎未接觸過女人，一旦接觸即山洪暴發，很正常，根本沒懸念。少年，你太年輕了，怕且世上只有你，思想過於簡單才會看得如此投入。」

‧‧‧

真是一言驚醒夢中人，小黑真的看得很投入。昨晚明明和薛哥看罷大結局，今天像被催眠一樣，再看一遍。這個重複重複又重複地逼自己看催淚劇集的嗜好，無疑是一種自虐的行為，然而，小黑卻極享受以這樣的方式來虐待自己。今天他代入了多爾法師的角色，想像自己就是那個不問回報、不辭勞苦、默默付出的帥哥。他想著想著，就在悶熱的八號波下睡著了。人在睡，但淚珠卻從眼角逃出，一直沿皮製梳化崎嶇不平的表面，跌跌撞撞的滾動到地面。

手機響起，是 James Bond 電影的片頭音樂。

「我現在走，盡快回來。今晚有什麼餸？」是薛哥在暴風雨下傳來的聲音。

「還會是什麼呢？只會是你喜歡吃的。」

掛線後，小黑擦掉淚痕便化身「四郎」（阿四牛郎加），跑到廚房打開冰箱。一看！剛改掛三號，外賣平台未復營業，他把心一橫利用現有的食材，精心為薛哥炮製史無前例，獨一無二的「颱風後地獄料理」。

「你說過，以後無論我煮什麼，你都會100%清掉的。」小黑一邊炮製菜式，一邊自言語：

「是你説的，說了清掉就要清掉！」

如是者，一頓別開生面的家常便飯：前菜「手拍苦瓜」、鼓汁蒸蝦球豆花、浙醋雞中翼、薑汁芥菜炒芥蘭及蕃茄地瓜燒賣湯，和只此一家的小黑蛋白炒飯，準備上菜。

熱切期待的「颱風後地獄料理」，終於準時入席。

「這些是什麼？今日發生什麼事？」用力眨過幾回眼睛的薛哥，依然不敢相信自己竟然會有這麼一天。

大廚小黑清清喉嚨後，向貴賓薛哥逐一介紹……

「冰箱連一粒蛋都沒有，加上今天外賣平台休息，難為我想到頭都冒煙，才想到這頓為你精心打造的三餸一湯。」

「讓我來介紹一下。首先，因為沒有青瓜，但我深信如做法、醃料一樣，苦瓜跟青瓜差不了太遠。試一片，再試一片。乖。」

「這味鼓汁蒸蝦球豆…花呢，你應該很熟識，我只是把豆腐改成豆花。而平時的蝦干、蝦米則改為蝦餃點心裡的雪藏蝦。只不過呢，豆花蒸起變得一片片。也很美。待會記得手機先吃。」

「然後就是這碟紅卜卜的糖醋雞中翼。鎮江醋用完了，只得用浙醋。兩者一樣是酸酸甜甜的，一共十二隻。今天斷食，不用留給我。」

「還有就是菜了。你說每晚只少要有半斤菜。我見冰箱只剩四両芥蘭、半棵芥菜，湊起來剛好共半斤。芥蘭和芥菜都是口寡寡的朋友，以薑汁會一會，應該 Friend 過夾 Band。你平時這麼喜歡『炒芥蘭』，要吃光，一條也不准留。」

「輪到湯了。各位觀眾，全港首屈一指的『蕃茄地瓜燒賣湯』正式登場！是這樣的，我們沒有薯仔，只有地瓜。土豆地瓜地瓜土豆，大家都是澱粉質，極具異曲同工之妙。再加上我選用《孤獨的美食家》松重豐都大讚的神奈川洋葱豬肉燒賣來代替本地瘦肉，此湯必定是非同凡響。你至少要喝四碗。」

「好了，來到主食。由於昨晚只剩下一碗冷飯，於是我便索性來過黃金蛋炒飯，可惜沒有蛋黃。這晚的蛋白很矜貴，不要浪費啊！」

「你不是說冰箱連一粒蛋都沒有嗎？」薛哥質疑。

「是呀。沒有。那…你吃不吃？」

薛哥知道一定是有事發生，這碗飯，不，應該是這頓飯。這頓飯似乎是用來試探或是懲罰自己的。他再次使出《Little Fockers》裡岳父的招牌眼神，睜眼盯著小黑雙瞳。

可是這招已不管用，小黑習慣了這眼神，所以這次他眼神堅定，毫不退縮。看著小黑一雙燃燒著的炯瞳，薛哥肯定地點頭回應：

「我吃，這些全是我的，不要跟我爭。」

薛哥二話不說，三扒兩撥便清掉了全桌飯餸，他看著坐在大廳遠處看書且不知生什麼事的小黑，竟然大膽地說：「你煮的，我通通都清了。只剩下三條江戶蕃薯，我打算待會宵夜才吃。你滿意了嗎？」

鼓氣袋小黑望一望桌面，果然清得碟面發亮，他才走去收拾。

薛哥假意幫手執碗時，悄悄在小黑耳邊問：「究竟生什氣？直接告訴我吧！你的浙醋雞翼跟薑汁芥菜，殊不簡單的。直接告訴我吧！」

小黑嘴角終於泛起一絲笑意，可他藏起笑容說：「你的『櫈凳、櫈凳』真夠頻密，而且屏幕還要設定為不顯示內容，分明是不讓我看。」

「OMG！我與黑客同眠，還可以有秘密嗎？屏幕不顯示內容，不只是你看不到，大凡有眼的、視覺正常的生物都看不到。你可不可以戒掉這些無知的對號入座？」

薛哥是個愛情博弈的高手，他知道「及時火」永遠是致勝之道。於是他繼續演……

「本來今日工作完了，我真的好想第一時間回來，跟你說今天發生了什麼事，但現在已再沒心情。」薛哥賣下關子便頭也不回地走進浴室。

當下，小黑的心差點由口中撲通跳出來。他後悔，後悔自己又「無故」生氣；他後悔，後悔自己又盲目對號入座，再次誤以為自己是苦戀故事主人翁。氣得薛哥如此火大，是次該如何收科？他靜悄悄地走進浴室，怎料浴室只有水聲，沒有薛哥。他衝出浴室，一時氣急敗壞，轉身時不慎碰跌臉盆上的衣物、毛巾、牙刷、牙膏、洗臉乳……一眾浴室用品紛紛著地，吵過翻天覆地，弄醒了小貓無二。無二從大廳跑到浴室門前看過究竟，牠站在小黑跟前，但得不到主人的安撫。小黑跨過無二，直接鑽進他們的睡房。

奇怪，薛哥去了哪裡？

電光火石之間，薛哥從門後閃出，撲上，把小黑壓在床上。

「你知道嗎，我險些沒命回來。今天打風，一街水氹，場地的電線、拖板、戶外電源，亂象橫生。混亂間，跌了手機，伸手入水氹拾回那一剎就觸電了。那一刻，我感到電流通過心臟，心跳幾百、肌肉收縮，從暈眩到窒息到閉目的瞬間，我想起你。我的腦中只有你。」

「薛、薛、薛、薛⋯⋯」小黑強忍著眼淚跟鼻水，所以隱隱發出「薛、薛」之聲。

「我今年四張八，太歲當頭，轉眼間便要『入伍』，我不像你，我不再後生，亦沒時間跟你博弈，如果你最介意是我不肯出櫃的話，那我們結婚吧。婚禮上還要盡情 loop 著你偶像

GorGor的電影《我們一起烤洋腸》，你開心嗎？你滿意嗎？」

小黑大樂，再次展現微笑先生許光漢式笑容，牙齒白得發亮。剛才滿佈房間的愁雲慘霧，已被無二拿捏昆蟲的無影手，嚇得雞飛狗走。

薛哥儘管問了，卻不給小黑回話的機會，他倆懶理是誰的唾液跟鼻涕，兩舌已攪拌起來。就在這個時候，在走廊盡頭，由遠而近的傳來一排鉛球滾動般的隆隆巨響，既急促而詭異地……

「小黑！玩夠了！」一位女士坐在輪椅上大喝一聲。

熊貓

5

最緊要好玩！

二〇〇二年七月五日15時14分天文台錄得本月最高氣溫 33.6 攝氏度。一對二十上下的小情侶在「羅氏音響店」內的意大利高級皮製三座位的試聽梳化上咿咿呀呀的玩耍著。兩人隨著音量的高與低、節奏的快與慢、調子的怨與樂，他倆的動作先激後柔，再柔再激，激過柔過，直至最後幾下「棍」、「棍」、「棍」、「棍」、「棍」、「棍」、「棍」……

「完了完了。我沒時間吃飯了。」美琪為了爭取吃飯時間，半撒嬌半生氣的推開意猶未盡的男友。

「等等，等等，還有一『棍』，對嗎？聽到嗎？現在是才真正的完。」男友薛頭（薛哥小時候的花名）每次都一定要「幹」到最後一粒音符，才肯罷休。

美琪還沒整理裙擺，捧著放涼了的粟米肉粒飯，一羹接一羹地掃入口腔。

「有這麼餓嗎？要不要讓我的羹給你？兩隻一起扒，吃得更快，要不要？」薛頭吮過自己的白膠羹，才假意遞給美琪。射燈下，白膠羹的透光度比遺棄在地上的保險套透十倍。

「省點，我才不要你的口水……」因為吞得太急，一時嗆著，美琪連咳幾聲，咳得淚水也囤在眼框內。

「你看你，真可憐。要我的……鹹檸七嗎？」薛頭吐吐他的舌頭。

「都是你的錯，一來就要播《貝多芬的C小調第五號交響曲》（Symphony No. 5 in C Minor, Op. 67 - Ludwig van Beethoven），No. 5一播就是半小時，害我現在只得二十分鐘食晏。」

「還好說，半小時，認真不是味兒，根本未達標。起碼要加多一曲《帕格尼尼第24號隨想曲》（Caprice No. 24 in A minor）。你知不知道哪一首是《第24號隨想曲》？唔……即是，即是廣告經常用的呢？。No. 24有沒有印象？之前有個廣告，一個義大利女人跳過一張皮梳化的，有有沒有印象？」薛頭全程自說自話。

美琪完全沒理會過薛頭，她的心早已沉浸在白汁裡。粟米的香、肉粒的滑，還有米飯的綿，廿二元買到的幸福叫人感恩。「什麼24？粟米肉粒飯跟熱飲，樓下銀龍只收廿二蚊。」

對著一個肚子餓的人說音樂，本來就是一件自找煩惱，自討沒趣的事。但，薛頭選擇繼續發表……

「這首曲開始時那種過山車咔、咔、咔、咔急急往上攀的節奏，已很『頂癮』，再加上中段那頻死病人『扯蝦位』就更加癲。下次，我們就在『扯蝦位』一起閉氣，它『扯』多久，我們就閉多久，兼且同步收緊下腹肌肉，『扯蝦』完畢，緊接下來的澎湃，就仿如便秘幾日後『爆石』的磅薄氣勢。那種赫然發現新大陸的感覺一定無與倫比，現在說說已夠興奮。你感受到我的興奮嗎？你要不要一齊興奮？」

美琪雖然對他的比喻，沒有感覺，甚至兩眼反白，但亦不忘在歎絲襪奶茶之同時，豎起拇指，給他一個 Like。

「信我，不如就明天。對了，如果想效果顯著，我建議你明天不要吃早餐，務求令自己再餓一點，空肚做劇烈運動，將會更更更更刺激。信我。試想想，當一個人餓至六神無主，就自自然然容易受外界聲音所影響。尤其是小提琴獨奏如 No. 24 這類緊張得用腳趾支撐整個身軀來拉的 Solo，分分鐘會勾人魂魄。怕嗎？明天，一於，不要吃早餐！」

「你快點走，老闆很快就回來。」吃飽了，美琪才施施然扣上衫鈕，整理裙擺。

「你記得順手牽……對丹麥杜蘭信號線給我，1.5 米的。最好明天有。」

「傻的嗎？這麼大聲！要不要給你咪高峰？！」美琪把薛頭推出門外，並順手把掛在門上的「CLOSED」牌翻轉為「OPEN」。

5．1

晚上十一時許，「羅氏音響店」老闆羅庚壽正在店內欣賞獨家AV電影。該AV的畫質劣，音效差，沒群戲、沒特寫、但他依然一遍又一遍地重溫，看得心癢「頭」痕，「雀躍」不已。

「你看老闆今日換了兩張木製單人梳化，而且還汗流浹背地把試聽室內的大小喇叭、前／後級、膽機等重新擺位。卒之整個早上都關門，最後還讚自己擺得似樣過《無間道》那間音響店。」

看見新梳化，薛頭立即一屁股就坐下，大字型攤著：「你有沒有坐過？承托力比之前的好太多。」

「我當然有坐過，太新，硬了點，坐木板一樣。」

「太新、太硬，是說我嗎？」薛頭把鼻尖貼在美琪的鼻尖上。但美琪就是對他的自大從來都沒好氣，所以沒有回答他，並繼續說老闆的事：

「我問老闆為什麼要換新梳化？為什麼要換兩張單座位的。」

「還要問嗎？舊的三座位每天中午都過於疲勞，欠缺彈性。換新的，是遲早的事，我嫌他換得慢。」

「但是，單座位，我們以後…如何？」

「你都傻的，莫説是單座位，那怕只是一張摺凳，也難不到我。」話口未完，薛頭在美琪背後單手解開了胸圍上的孖扣。

「No，no，no，今天我想玩 role play。」

「Role play？Good idea. 什麼角色？如角色太 cheap，不合本少爺身份的話，我不會配合你的。」

「合，一定合的。」

「説來聽聽。」

「就是…，你扮劉華，我做回自己，我是音響 Sales。」

「好。又跟你玩下。」

「你等等，我要先躲起來。然後你要嗌『唔該』兩次，然後我會應你『什麼事？』之後，你再話『沒什麼，我…想試試那部機。』你隨意指一部膽機就可以了。」

「哦，我知，之後你就講那句你一直很想跟客説的那句『高音甜中音準』？」

「未到呀。跟住我會問你用開什麼喇叭？」

「那我要答你什麼？」

「你要說『沒什麼的，有什麼好介紹？』之後我會向你介紹一部過萬元的港產膽機，還會教你配一條千多元的土炮線。」

「哦，之後你就可以講那句『高音甜中音準低音勁』？」

「未得呀。我還要講多一句『頂得住那些十幾萬的歐洲貨。』之後先講得『高音甜中音準低音勁』！」

「Okay，請問導演可以叫 Action 了嗎？」

「可以。」

薛頭一句「Action」，兩口子埋位後便立即影帝上身，順利過 The First Take 的陳柏宇。

那天，美琪很高興。她高興不是因為終於有機會說「高音甜中音準低音勁」；她高興的真正原因是薛頭竟然願意陪她 role play，而最重要的是，那天他倆只顧 role play 和試機，完全沒有做過其他事。就算胸圍解了，他倆也全不在意。

平日責任重大而驕橫傲慢的蕾絲胸圍，想不到也會有這麼卑微的一天。當日下午，若美琪把胸圍重新扣上，即代表當天沒戲唱而心有不甘；若索性脫下胸圍，又不知該放在哪兒，因為無論放在哪兒都好，總會嫌它礙眼。最後惟有由它繼續掛在肩膊上，當作兩片不時刮得乳尖發癢的小布。

那天，他們用全店最新最貴的 NHT Evolution 2002 配以 Mcintosh 的單聲道擴大機來試聽蔡琴、雪莉、盧冠廷、優客李林和谷村新司。

那天，美琪和薛頭都很高興，惟一失望的，就只有「羅氏音響店」老闆羅庚壽。當晚，他滿懷期待一睹重新執位及添置鏡頭後的「羅氏獨家動作片場」的出品。可惜，當他戰戰兢兢地快轉當天以多機多角度拍攝的 CCTV 影片時，卻發現伙記美琪與男友竟然沒有「埋位」。他憤怒得大拍案頭：

「豈有此理，我花這麼大氣力，花了這麼多錢，你們就，你們就⋯⋯，就是不做！」

羅老闆一不小心把銀龍凍鴦，整杯打瀉在等待起飛的「雀頭」上，他，頓時火氣全消。

5・2

二〇〇三年一月三十一日，美琪首次跟薛頭走出友誠商業中心，手拖手到戲院看午夜場。

他們看的是《新鐵金剛之不日殺機》（Die Another Day），他倆雖不是 James Bond 迷，但薛頭卻是鐵金剛電影配樂的忠粉。他認為一齣電影再好，沒有細緻、認真的配樂，就等如「炒蝦拆蟹地恭喜別人的港姐冠軍」。

「即是什麼？」美琪撓著薛頭手臂問。

「即是瑕疵！港姐冠軍應該是美麗與智慧並重，本該是白璧無瑕的。」

Die Another Day 之夜，美琪除了首次跟薛頭走出友誠，更首次登門造訪薛家。

當年的薛頭，單身寡仔，家裡沒床、沒冰箱、沒電視、沒冷氣。

當年，他窮得只有音響和 CD。

「嘩！你真是音響發燒友。」

「是的。哲學家笛『加』兒說過 "Without music, life would be a mistake." 」薛頭又在拋那些似是而非的書包。

「唔……我突然之間有點擔心。」

「擔心什麼？」

「我見到，原來不經不覺間，我也給了你很多補品：各類線材、插座、隔震支架、連接器、同軸……電容……。」

「你怕被炒？」薛頭抱著她的腰。

「嗯……不是不是，我怕被你炒。」

「我又不是太子爺，又怎炒你呢？」

「我的意思是，從你重視音響的程度，我覺得你喜歡音響多過我。我更加想到的是……是你根本因為喜歡音響才會喜歡我。如果，有一天，我真的被炒了，我還有利用價值嗎？你還會跟我在一起嗎？」

「女人，真掃興。我從不帶人回家，因為我知道這裡家窮四壁會很失禮人。你是我第一個帶回家的女人，你說，你說你現在是不是很掃興，完全破壞氣氛？！」

「哥，不要生氣。」寧波姑娘美琪急得變聲、走音了，她脫口而出叫了薛頭一聲「哥」。這聲「哥」，「哥」得溫柔而甜美，甜得薛「頭」也硬頸起來。

「哥什麼哥？誰是你哥？你平時會這樣稱呼別人『哥』的嗎？」他壓著美琪在榻榻米上。

「我們寧波人是會這樣叫年長男性的。只是我剛剛……」他手指又啟動人體大奧秘的探索模式，探得美琪漸漸滅聲了。

「寧波，哈哈哈，你果然是『零波』人。」美琪一氣之下，反客為主騎在薛頭身上。

「你看清楚，我不是完全零的，我是有的。有的，看到嗎？我要你擘大眼看清楚！」

「哈哈哈哈哈，哈哈哈哈哈。」

這夜，美琪忽發奇想：「吖，不如我以後叫你薛哥？而你以後可以學 James Bond 那樣介紹自己：『My name is Gor，薛哥。』這是不是很酷呢？」

「My name is Gor，薛哥。But 哥不愛零波。」

「我都說我是有的，你摸下，要給我認真點摸。」

「我都想，但我摸不到，什麼都摸不到呀，『零波』小姐。」

5・3

「你摸下，你來摸下。一摸就知你又肆配錯線給客人啦！你說，那條原裝正貨在哪裡？」

「你平時擅自安排的維修、退貨、換貨，總之就是那些偷龍轉鳳、『老屈』供應商取平宜等小動作，我都可以裝瞎，假裝不知情。」

「但你今次實在太離譜，千幾蚊的線想換條八千幾的？我平時不出聲，不代表我是傻的，蒙小姐。」

「唉！我不報警，你交出鬧匙，立即在我面前消失。」羅老闆氣沖沖地關上店門，寧願不做生意，也要放聲喝罵蒙美琪。

「你炒我？補水！」美琪亦不甘示弱。

「補水？真好笑，我給你看些東西，看過你就明白我為人有多大量，就知我平日對你有多好。」羅老闆說罷便隨即拉開平日上了鎖的抽屜。抽屜一開，原來抽屜裡藏有幾百張磁碟，而每張磁碟均整齊有序地列明日期，有些更畫了星作記號。

「嗱，你過來自己看，有星的，都是你的『順手牽羊日』。我沒有誣衊你，有片有真相。

你自己過來計一下，總共要賠多少給我！真是佛都有火，竟然夠膽開口要我補水。計好了嗎？現在還要我補水給你嗎，蒙大小姐？」

「……」美琪沒有回話。

「吓？答我呀！」

「好。我現在走。」

「奪嘟奪嘟奪，奪嘟奪~奪嘟奪嘟奪，奪奪脫~奪嘟奪嘟……」電腦屏幕傳出《獨行俠》的主題音樂，畫面播著美琪「吹奏」的片段。

「你倆真好想頭，什麼一聽到口哨聲就自然想吹……好，我現在就為你播《獨行俠》，你來吹。我下了火，才想想如何處置你。

「奪嘟奪嘟奪，奪嘟奪~奪嘟奪嘟奪，奪奪脫~奪嘟奪嘟……」

雖然「羅氏音響店」全店裝了隔音設備，但是這個下午的「奪嘟奪嘟奪」，嘟得連升降機內的生物，都感到震耳欲聾。

5．4

「小黑，你是不是聾了？我叫你停止。」

小黑收起舌頭，推開薛哥，走到輪椅女士的身旁。

「Mon姐，對不起。我剛剛真的聽不到你在叫我。」

薛哥慌忙用冷氣被子包裹下身，他定眼看著門外的女士，對方的眼神，看起來似曾相識，就好像……好像美琪，那位每天跟他在試聽室內嘿咻嘿咻的蒙美琪。

「你好嗎？薛哥。」

「……」薛哥啞口無言。

「小黑，你去準備。」美琪一派吩咐下屬的口吻。

「……」準備？準備什麼？現在究竟發生什麼事？薛哥就好似熊市的熊一樣，口張開以後就再合不上。他一直坐在地上仰望今日的「Mon姐」。

突然間，房燈全熄，一片漆黑。三面牆上播放著小黑跟薛哥　哩啪啦，打得火熱的畫面。一面牆有六十四格的話，三面牆共一百九十二格動作片。

薛哥想也想不到，原來平日的歡愉光陰，全程被偷拍成4K作品。這下子，他徹底的崩潰了。

「當年，我跟你在音響店的影片，被老羅洩漏後，旋即被古惑仔製成『本地三級冇格仔』，賣遍油尖旺。當時，你有沒有理過我？你一聲不響便人間蒸發，丟下我一個，你知不知我有多慘？當年，我不求見你，只求聽聽你的聲音，給我點安慰。但想不到，你真的爛到贓物都沒還我，最後你還自私得把音響配件套現，然後過大海？你這九流大學生，真的枉為人！難為你媽，她真的生件叉燒都好過生你！你這人渣，你知不知我為了還清贓款，陪了老羅多少個晚上？」

「盡管走在街上的流浪貓狗，就算多髒多臭，都走得比我自信。我？什麼《將軍令》？你知不知道，街上的陌生人會對著我唱《男兒當自強》，會問我該如何推？用什麼力度推才夠爽？你知不知道，那些年，我賤過過街老鼠。」

「現在，好了。我終於等到了，我終於等到你回來了。由現在這一刻開始，我下半世什麼都不幹，只會用心看著你如何抵償我那些年受過的痛苦。從今以後，全人類都可以看到以你特寫的動作片。哈哈哈哈，從今以後，全人類都知道從前「吃女無數」的薛頭，竟然被拗彎了。哈哈哈，哈哈哈哈。你剛剛不是說要出櫃嗎？Allow me，讓我幫幫你，現在就讓我成全你！」說罷笑罷，小黑便推著 Mon 姐離去。

⋯⋯

在孤寂的黑洞旋渦中，剩下全程抱膝的薛哥，瑟縮於黯黑的角落。

是天公喜歡捉弄別人？還是當一個人倒霉時，霉上加霉是常理？薛哥越想躲藏、避世，甚至渴望擁有水熊蟲的「隱身」異能。但就連街燈也欺負他，不放過他，硬要照著他。

正義的街燈穿過玻璃照在薛哥身上，照得他一片白的，一片黑的，活像一隻黑白分明的大熊貓。

可是，這隻穿過黑夜，走投無路的大熊貓，氣餒地走到死胡同，生無可戀的一屁股沉重著地！牠垂下頭，費煞思量地交叉雙手抱胸，牠凝重地審視自己的毛色，嘆氣連連地想著想著：自己身上的大黑大白，劃分得清清楚楚，很易分辨。之但係，如果白代表是，黑代表非這麼「二元論」，那人間世的是與非、對與錯，又是否真的可以像熊貓的毛色一樣，非黑即白，非白即黑？

「吖吖，吖吖⋯⋯」

想著想著，咦？！大熊貓的一雙黑耳豎了起來，牠隱若聽到烏鴉的叫聲。牠摸摸屁股周邊，然後從屁股底下抓出一隻奄奄一息的小烏鴉，從臉無血色的狀態來看，小烏鴉幾近魂歸天國。

大熊貓問：小烏鴉的死，百份百是自己的錯嗎？

如果「世事無絕對」是成立的話，相對地，「世事無絕錯」也應該成立才合理。「動作片」被偷拍、被漏露、被公開、被販賣，千錯萬錯，最錯也不該是牠。

大熊貓打開雙手，一看，才發現胸口的毛是黑白雙混的，黑不黑，白不白。看著黎明走近，牠哼起「黎明吖請吖你，不吖要來，就讓夢幻今庵晚永遠倦存絹在」……

大熊貓苦笑起來。

5．5

滑著手機，看著戶口進帳的七位數字，小黑沒有太大的喜悅。

「怎麼了，數目不理想？為什麼仍掛上苦瓜乾的嘴臉？」Mon 姐問小黑。

「不是，只是有點怪怪的。」

「我一早警告過你，千萬不要對渣滓動情。」

「我沒有……，對吧，Mon 姐，我可不可以問你點私事？」

Mon 姐含了一口紅酒，閉上眼睛，她享受單寧為舌頭中段和口腔前端帶來的乾澀感。她點點頭：「問吧。」

「Mon 姐，那些年…對不起，如果你不想說，就當我沒問過好了。」

「嗯，你想知那些年我是如何撐過來？」她示意小黑走近自己輪椅邊坐下。

小黑走近 Mon 姐，坐在地上，他倚著她的右邊，抱著她右腳的小腿，隨後懶洋洋地把頭依偎她的膝蓋上。

在落地玻璃的反映裡，小黑幻想自己是三島由紀夫《禁色》中的英俊青年悠一，縱使老作家檜俊輔如何操控他，他都會照單全收。

可是，小黑甘心嗎？

他最終會學悠一一樣，設法為自己展開「現實的存在」的人生規劃嗎？

交換

6

夜幕降臨，油塘三家村渡輪碼頭的景色別有一番風味。

夜深人靜時分，碼頭上寥寥無幾的行人。偶爾有遊客或居民在此散步，享受片刻安寧。遠處傳來的海鷗叫聲和輕柔的海浪聲，讓人感到十分放鬆。鯉魚門燈塔，在夜色中散發著溫暖的橙黃色光芒。燈塔的光線照耀在海面上，在水中投射出搖曳的倒影。碼頭旁停泊著許多漁船，甲板上的點點燈火在夜色中熠熠生輝。遠處的海面上也隱約可見其他漁船的燈光，像是在海上點綴了無數顆星星。站在碼頭上，可以遠眺維多利亞港的迷人夜景。對岸的香港島燈火通明，與海天一色的夜色形成鮮明對比。偶爾還能看到遠處輪船的航行燈。

鯉魚門三家村渡輪碼頭的夜景的確很治癒，但對蒙美琪來說，似乎沒有療效。她已經赤腳站在碼頭上四十多分鐘，她一直等，她要等到凌晨十三分十四秒，「一三一四」，就是她要了結生命的時候。就在她命令身軀拼死向前傾的一剎，她聽到有位老人對她說：「等等。」

可惡的地心吸力差點把美琪吸進腥臭渾濁的海水裡，她自殺的決心其實只有三、四成，所以當隱若聽到有把聲音從旁煞停，她便立即醒過來。

坐在輪椅上的白頭老翁問她為什麼要自尋短見？

美琪把自己的遭遇和盤托出。老人不停哈哈哈哈、哈哈哈哈的大笑，後來甚至笑得喘起氣來，也要把哈哈哈哈轉成嘻嘻嘻嘻，嘻嘻嘻嘻地繼續笑。

「你笑什麼？你明白我嗎？你知道什麼是『$100/7 隻冇格仔』嗎？你聽過『土炮無碼交響情人夢』嗎？」

「嗯，原來你的死，是因為老翻？」

「……我不是這個意思。」美琪擰頭。

「那為什麼要跳海呢？」

「是因為很多人認得我，他們個個都恥笑我，他們都記得我，對我哼占士邦。」

「整個鯉魚門都是人，你站在這裡多久？」

「差不多一小時。」

「有沒有途人請你幫他們忙拍照？」

「有。有兩對情侶，一對三、四十歲，一對像我的年紀，還有一位外國遊客和一家四口。」

「對了。他們都看過你的『交響情人夢』嗎？他們都認得你嗎？他們看到你赤腳，都不曾設想過你要輕生？你看人多自私。讓我來告訴你，大多數的人呀，都是事不關己，己不勞心，所以我勸你凡事都不要看得自己太過重要。人家要笑的，就讓他們笑幾天。笑足半個月也夠了吧？待半個月後又有新笑料。你這沒名沒姓的，誰會記得你？」

「……」美琪擰擰頭後再點點頭。

「你就為了十幾天的煩惱而斷送一生？可能只需要捱過這十多天，就會有個有錢人找上門說要娶你，或是星探、經理人之類，說你是可造之材，要捧紅你呢？人生，是很有趣的。你永遠不知道下一分鐘會發生什麼事？但是，你就是拒絕知道，你選擇不要將來。」老人雙手上一道又一道發白的皺紋，在繁星的照耀下，化成碧波中的漣漪，慢慢的漫開去。他右手中指上的鵝蛋形紅寶石戒指，亦隨著他說教的右手而高低起跌。

「……」美琪被紅寶石反射的光劃得眼花撩亂。

「容許我再問你一次，為什麼要死？」

「……」美琪依然語塞。

「或者，我換個角度來問，你剛才全身前傾30度，感到失去重心的一秒，你想起什麼？」

「他，我想起他，我恨他，我恨不得要他跟我一起跳下去。」她清晰秒回。

「對了。對萬念俱灰的人來說，死去就一了百了，這類人去意已決，誰也阻止不了他們。

但，你剛好相反，從你快要失去重心的一刻，你開始後悔，所以你的手臂才會發揮求生本能，拼命往後抓，一定要抓到欄杆。我就是看到你體內的這團生存之火，所以喝止你。我叫的『等等』只是助燃，燃起你的復仇烈火。」

我要復仇？美琪沉溺在幾天前跟薛頭的對話裡……

已經是第一百四十二通機主不接聽的電話。第一百四十三通電話……

「喂，喂，薛哥，我知你在聽的，你……」

「看不出，你的毅力的確驚人，小弟甘拜下風。不過，我不接聽，即是代表我不想聽，你仍然繼續打給我。有什麼要說，快說，說罷，以後不要打來。」

「我們現在如何是好？」

「什麼我們？我是我，你是你。我們是獨立個體。」

「那你把線材之類，全部還給我。否則，老闆說要報警。」

「你給了我，就是我的。難說我要你還我一百幾十個粟米肉粒飯嗎？」

「…你，…你究竟有沒有一刻愛過我？」

「不用問這些吧。」

「即，即是…，沒有？一刻都沒有？」

「…喂，現在很忙，我忙著套現過大海。不要再打來。」連「拜拜」、「再見」等基本告別詞都欠奉，如此決絕的薛頭，便頭也不回的跟美琪失聯。

「嘟…………」腦海裡，依然是電話掛斷後那長「嘟…………」的聲音。

．．．

三家村渡輪碼頭在夜色中散發著濃濃的歷史韻味。破舊的碼頭建築、停泊的漁船，都訴說著這裡曾經的繁華景象。夜幕下，燈塔的溫暖光芒、漁船的點點燈火，與迷人的海港景致交相輝映，令人流連忘返。

只可惜，再美的夜色，也不會令臉如死灰的寧波姑娘動容。就算現在讓美琪在路邊拾得十卡鑽石，大抵她都不懂得笑出來。

話雖如此……寧波姑娘蒙美琪竟然泛起笑顏，虎牙的鋒芒像要劃破三家村的安寧。

美琪在身旁拾起一張撲克大小的卡紙，黑卡背上印著一個像輪椅老伯右手中指上那紅寶石的橢圓形，橢圓形上印有「EXCHANGE」字樣，而正面則只有一個固網電話號碼。

蒙美琪穿回她的鹹臭 Converse，握緊「EXCHANGE」撲克卡片，決定明早就打這個電話號碼，說不定真的有機會成為富婆或巨星。

6·1

「一代巨星梅艷芳因子宮頸癌，於今日凌晨病逝，終年40歲。她愛熱鬧，人緣佳，臨終時在好友陪伴中溘然長逝。梅艷芳生於60年代，少時喪父、家貧，梅艷芳4歲已經奔波於舞台間，卻缺少家庭溫暖。靠自己本事努力奮鬥，梅艷芳終於闖出名堂，響遍天地；其離世之時，乃香港經歷金融風暴、負資產、科網狂潮和沙士肆虐，可說是最艱困厄苦的時候……」

「婆婆，誰死了？」曉澄抱著小黃貓忝仔，站在問隔壁劏房門口問老婆婆。

「澄澄，要看電視嗎？進來看。」

「婆婆，誰人死？為什麼會死？」

「老了。病了，醫不好，就會死。」

「醫不好，就會死？是不是一定會死？」

「是的，沒辦法，你看梅艷芳，大把錢，成手佛珠，都沒辦法。要走的，誰都留不住。」

「嗚~嗚~嘩嘩嘩~我不要死！我不要死！」曉澄突然爆哭，哭得呼天搶地。

「哎呀，傻孩子，你又沒有病，不會死的。不要哭！小朋友不會死的，還有大把日子玩。

還有爸爸、媽媽這麼疼你。星期日又帶你吃麥噹噹，這麼開心，又怎會死呢？」婆婆拍著曉澄背脊，設法哄著她。

「不是我，是……是……是……柰仔。」曉澄緊緊攬著小黃貓柰仔。

「誰說柰仔會死？」

「那個四眼醫生叔叔說的。」

「你們帶柰仔看獸醫嗎？」

「上……上……上……上……上……星期，爸爸說柰仔越來越瘦。又不吃東西，爸爸和我一起帶柰仔看醫生。」

「是嗎？你有沒有給柰仔吃藥？吃了藥就會慢慢轉好，之後又可以跟澄澄玩。不用怕，柰仔沒有事的。」

「沒……沒……沒……沒有藥，爸爸說沒有錢，柰仔一定會死。醫生說柰仔很快會死。」

「哪個醫生？婆婆幫你打去罵他。你看柰仔的眼睛多大，圓碌碌的。讓婆婆看看你的眼睛大，還是澄澄的眼睛大？」

「哪個大？柰仔的眼睛大，還是我的眼睛大？」

「讓我看看，原本呢，就是你的大。但你剛剛大哭，眼睛變成一粒豆豉般小。」

「嘻嘻嘻嘻，嘻嘻嘻嘻。」澄澄頓時被婆婆哄得破涕為笑。

當晚九時許，獨居老人王婆拿起大前晚用來送飯的豆豉鯪魚罐頭，繼續嗅著電視機吃飯。

她逐粒豆豉放入口，啱得相當滋味。

「婆婆，又吃豆豉鯪魚？不要天天吃，致癌。」曉澄媽倚在王婆門框說。

「老人家，一個罐頭，要吃四天才吃完。沒辦法。」

「婆婆，這個奇異果給你。不好意思，時常要你幫忙留意澄澄。」

「對了，今天澄澄哭得厲害，她說奀仔生病了。什麼病？」

「胃癌，所以不吃東西。」

「陰功，今日澄澄哭得我也慌起來。」

「已經哭了七日，睡著睡著，又哭醒。沒辦法，我們不在家，奀仔就是她最好的朋友。上次新聞說劏房失火幾死幾傷。我問她：如果這裡失火，她要做什麼？她說即刻抱著奀仔走。」

「呵呵呵，小孩子就是這樣坦白。」

「就是。她連爸媽都不理。我問她：不理爸媽了？她說：你們會自己走。」

「有道理，澄澄這孩子又乖又聰明。日後，如果奀仔真的走了，就麻煩大了。」

「總之，麻煩你了，王婆。這個奇異果，黃肉的，不酸的。這兩天吃吧，不要留太久。」

「好好好。」王婆把奇異果珍而重之地放在電視機旁，跟大兒子一家的合照放在一起。

6・2

星期天晚上，澄澄一家外吃回家。澄澄在路上取了很多傳單留給婆婆，她知道婆婆會用傳單來墊煲、盛骨、抹檯和捽蚊滋。

「婆婆，我今天拿了很多紙，都是給你的。你看這張多美，不要用來墊煲啊。」

「讓我看看，」婆婆架起老花眼鏡。「這張似是撲克卡來的，上面寫著什麼英文字？」

「E-X-C-H-A-N-G-E，爸爸說是『交換』的意思。」

「啊？交換呀？交換什麼都可以呀？那婆婆想要交換澄澄兩隻大白兔牙可以嗎？」

「可以呀！爸爸說打這個電話就可以了。」

「好，等我明天吃飯時，打這個電話，我就說要澄澄兩隻大白兔牙……」

「澄澄要沖涼睡覺了。婆婆也要睡覺了。快回來沖涼。」澄澄跟婆婆說晚安後，便抱著孭仔走回走廊尾二的劏房。

當晚，王婆拿起水煲，把滾水倒入暖杯，徐徐喝了一口暖水便上床半躺半睡。北風起，她關起窗戶。加上這幾天的天氣時冷時暖，害得婆婆著涼連帶幾聲咳。

「咳咳咳，咳咳咳咳。」；

「咳咳咳，咳咳咳咳。咳咳咳，咳咳咳咳。」；

「咳咳咳，咳咳咳咳。咳咳咳，咳咳咳咳。咳咳咳，咳咳咳咳。」夜半三時許，王婆的咳嗽越發厲害。起初，她以為是翻風作感冒，便抓緊棉被繼續睡，但後來她朦朧中看到一室煙霧，才驚起來按下掛在胸前的平安鐘，一線通職員聽見婆婆一直咳，全程無法對話，便把婆婆位置通知消防。消防員接報，四分鐘內到場派出一隊煙帽隊開動一條喉撲救，迅速將火救熄。

消防員到達花園街169號大廈低層一劏房單位冒出濃煙，消防員先於肇事單位破窗救出一名王姓獨居老人，及後5男6女住客亦由消防員逐戶破窗救出。惟其中兩個沒窗口房間的兩男一女住客，消防員須破門拖喉灌救，但姓葉（35歲）男住戶及妻子（33歲），以及獨居男住戶姓李（48歲），懷疑吸入濃煙昏迷，三人被送往廣華醫院搶救，最終不治。

王婆在被抬上救護車的一刻，她看到澄澄，澄澄跟足媽媽教導：「萬一出事，即走。」但她決定抱著奀仔一起走。王婆看著澄澄孤伶伶站在圍觀的人群中，她拼命向救護員指住澄澄。救護員跟著她的指向看過去問：「你的孫？」她猛然點頭。於是救護員便抱起澄澄與貓一同上救護車。

「小朋友，你叫什麼名字？」

「葉曉澄。」

「曉澄告訴哥哥你幾多歲？曉澄張大眼睛望住哥哥。」

「6歲半。」

「曉澄的爸爸媽媽在哪裡？」

「睡覺。」救護哥哥跟司機打了個眼色，心知不妙地皺起眉頭，然後閉緊雙唇。

6.3

蒙美琪按 Exchange 卡片的電話號碼，撥了一通電話。對方請美琪親自到辦公室詳談。

1000 呎的會議室裡，只有輪椅老人及美琪。老人播放王婆與曉澄的遭遇給美琪看，正在看到救護哥哥閉緊雙唇的時候，老人按下「暫停」按鈕。

「曉澄的爸爸媽媽死了？」

「曉澄要交換？她要交換什麼？」

「非也。非也。」老人捧腹大笑。「年輕人，先別著急。看下去吧。」

．．．

畫面中，王婆打電話給 Exchange 公司，電話接通了，輪椅老人問王婆：「你肯定要這樣做？」

「黃大仙說我有八十幾命，我這種老而不，煲啖水都會害死人的，給我長命即是讓我害更多人。請你用我的命跟奀仔的癌病交換，讓奀仔活多廿年好，十年也好，總之就讓奀仔活下來陪澄澄。是我害死澄澄父母的，我也沒面目看她長大。這是我惟一的心願了，老先生。

至於你要我什麼也可以……」

輪椅老人自行把輪椅碌前碌後，他獨個兒在會議室思考著。而王婆亦一直握緊醫院的投幣電話的聽筒。「喂，老先生，可以幫我交換嗎？老先生，請說句話。你要我做什麼都可以。」

「你命也沒有了，還可以幫我做什麼來著呢？」

「下一世，如果我下世投胎做回人的話，我願意把下一世交給你。我的下一世，你取去吧。」

「是你自己說的。你知不知道，你即將投胎的下一世，有多福氣，生於大富之家，一世無憂。這些福份，要行七世公德才能賺回來的。」

「那就太好了，我的命、我的下一世，請你取去。那就當你答應了我。」

這邊廂，輪椅老人掛線後，在褲袋掏出20個黑色擊凹EXCHANGE金字的籌碼，他和顏悅色地數著數著。

另一邊廂，護士把王婆推回病床後，一股黑氣即從她的額前髮線湧出，臉色亦同步變得倉白，慢慢地變得白如死灰。

縱然護士阻止曉澄抱貓進入王婆病房，但活力充沛的奀仔穿過醫護們的重重防守，一支箭的，執意的跳到王婆身上。

王婆看著生龍活虎的柰仔，安慰得努力擠出笑容。

然而，柰仔伏在王婆身上，動也不動，惟一動的，就是眼簾。牠用力眨眼，一下、兩下、三下，第三下合上眼睛的時間，長達三秒才張開眼睛望著王婆。柰仔很懂事，牠知道重要的事情要說三遍。及後，王婆亦回牠一次眨眼，彷彿跟柰仔說：「Me too。回去陪伴澄澄吧！」

「眨眼是什麼意思？」美琪問輪椅老人。

「I love you.」

「嘩！太感人了。簡直看電影一樣。現在的曉澄幾歲？柰仔還健在嗎？」美琪似乎忘了自己找輪椅老人的原意。

「跟你有關嗎？蒙小姐？」

「不好意思，我太投入了……。對呀，我要報仇，我可跟你交換什麼？」

「我老了…」

「想要我的命？那我『瓜老襯』了，也不知你有沒有幫我。」

「非也。非也。請先別打岔我的話，好嗎？蒙小姐。」

美琪假意把嘴巴拉上拉鍊。然後用喉嚨發出 Please 的聲音。

「我老了，坐得太久了。我現在想要一對腳來四處遊歷。你可以跟我交換嗎？年輕人。」

「你幫我報仇？」

「人性，這麼脆弱，報仇這些小玩意，易如反掌。明天，九時，到四十一樓找Amy。她會為你安排一切。」

「明天，九時，我會即刻跛？」

「正確。」

「那何時才可報仇？」

「報仇要看時機。本公司一定會把負你的人，一次過殲滅。」

「羅庚壽都可以？」

「給四十一樓Amy一個復仇清單。她自然會完成任務。」

「等等。好像不太公平！我明天立即跛，如我要等到八十歲才成功報仇。豈不是要跛六十年？」

「牙尖嘴利，轉數快，我沒有看錯你。明天，Amy會安排你一個職位，表現良好的話，說不定四十歲前還可以站起來，穿上比堅尼去選美。」

「為什麼要等到明天九點？」

「給你多一天的時間，好好考慮。明天若是走路來，則要雙輪滾出去。現在先回去好好想清楚。況且有腳的年輕人多的是。沒有你的，我還有其他選擇。」

離開了這棟樓高九十九層，位於中環的包浩斯建築風格的建築物 Laplace，拉普拉斯大樓，美琪看著 Laplace 的頂部，像金剛棒般屹立於天地之間，穿過雲層，彷彿四十一層以上的都被藍天白雲裹著⋯

究竟在九十九樓上班，會是什麼感覺得呢？

「Amy，日後我要坐得高過你！」蒙美琪對著天空大喊。

變黑

7

位於台北市內湖區的創世紀大樓是一棟採用現代主義風格設計，線條簡潔流暢。建築物外牆以玻璃幕牆為主，反射著周圍的天空和環境。建築物高度約20層，在內湖區的天際線上十分顯眼。

創世紀大樓頂樓辦公室的設計注重實用性和靈活性，辦公室採用開放式設計，方便溝通協作。每個辦公室都有大面積的落地窗，採光充足，員工可以遠眺全台北市的景色。

在視聽設備先進的會議室內，正有20位男男女女的直播主在聽薛哥作簡報。

「Wow，這東西很噁心。」女播主說。

「怎麼可能要我穿在身上？」男播主側目。

「就是嘛。」另一男播主表示同意。

「大家靜靜。播完以後，我們再繼續討論，好不好？小君，繼續。」薛哥要求播主耐心看短片。

「水熊蟲（Tardigrade）是一種極小的無脊椎動物，長度通常不到1毫米，因其可愛的外形和驚人的生存能力而受到廣泛關注。這些生物被譽為地球上最堅韌的生物之一，能在極端環境中生存，包括高溫、低溫、高壓、缺水、缺氧及高輻射等情況。

外觀特徵：水熊蟲擁有八條腿，每條腿上有四隻小爪，這使得它們在顯微鏡下看起來像是迷你『熊』。圓滾滾的外形配以緩慢而笨拙的移動方式，為它增添不少賣萌的本錢。

生存能力：當環境變得不利，例如缺水或極端溫度時，水熊蟲會進入一種稱為「隱生」或「酒桶狀」的狀態。在這種狀態下，水熊蟲會脫水並停止新陳代謝，以抵受惡劣環境。這一過程會產生特殊的蛋白質和糖類，以保護細胞膜並防止損傷。這種隱生狀態可以持續數年甚至數十年，直到環境條件改善。這種能力不僅讓人感到驚奇，也使它們在科學界中獲得了「不死生物」的美譽。

日常生活：水熊蟲通常棲息於潮濕的環境中，如苔蘚、地衣、土壤和沉積物中。這些環境提供了所需的水分和食物來源，讓水熊蟲能夠在其中活動。

餵食行為：水熊蟲主要以藻類、細菌和其他微小的無脊椎動物為食。它們使用特殊的口器（針狀口器）來刺穿食物，吸取細胞內的液體。在理想的環境中，水熊蟲會積極尋找食物，並在適宜的條件下進行繁殖。

復甦與繁殖：當環境變回適宜時（如重新接觸水），水熊蟲會迅速恢復活力，重新開始活動。在繁殖方面，水熊蟲通常是雌雄異體，雌性在交配後會產卵。卵的孵化時間依賴於環境條件；在良好的條件下，可以在數周內孵化出幼蟲。

文化影響：水熊蟲因其獨特性和可愛形象，逐漸在流行文化和科學教育中佔一席位。許多藝術作品、玩具和書籍都以水熊蟲為主題，吸引了大眾對微觀世界的興趣。它們不僅是科學研究的重要對象，也是人們心中可愛與堅韌並存的小生物。」

簡短的水熊蟲播放完畢後，薛哥脫下外套，全場嘩然。這陣騷動，絕對不是因薛哥那對四十吋胸肌，而是胸肌下的Q版水熊蟲。原來薛哥要向20位新晉播主展視「LGBTQ+」頻道，參加台灣同志遊行的隊衣。粉紅隊衣上印有一隻呆呆胖胖，身上擁有八條腿的水熊蟲。水熊蟲在胸肌的庇護下，特別惹人憐愛。

「除了粉紅，還有其他顏色嗎，薛哥？」

「當然有，總共有黑、白、粉紅和天藍，大家要什顏色可以跟小君要的。」

「不過，有一件事情要大家記住的，就是我們選擇水熊蟲為主題的目的，是要帶出什麼訊息？」

「我們都是『不死生物』，就像薛哥一樣，薛哥不死。」藍藍，17歲，當眾說話時，仍然帶點害羞，總是扭扭擰擰的。他是薛哥的頭號粉絲。

散會後，薛哥在公司停車場遇見小戴。

「哥，我和小文都要兩件『不死生物』，一黑一白的。」

「好。今天晚上拿給你。」

「哥，八點，來我家裡吃飯好嗎？小文下廚。飯後要跟孩子溫習功課。」

「Okay，孩子的爸。」

7.1

自 Mon 姐登場，小黑收到七位數字的酬勞之後，小黑便離開了西貢北港坳 8B 三樓。為免薛哥觸景傷情，他把自己的東西全部清走。物質上的當然説丟就丟，但精神上的就很難一鍵刪除。這對薛哥這種人生勝利組的 ENFJ 人格來説，動作片被瘋傳的傷害，遠遠比不上被愛人出賣的殺傷力。

小黑在網上跟心理學者岸見太郎先生求教，他問：「當 ENFJ 人格的人面對孤獨、被出賣和失敗的時候，他們是如何自處？他們會自殺的機會有多高？」

岸見先生平日很酷，回答網友問題時，通常是一句起兩句至，但今天他似乎聽到一個有研究性的故事。他答道：「ENFJ 人格跟孤獨的反差很大，會否自殺的問題要看被出賣的程度。」

由於萬分擔心，小黑害怕得失去理性，盡管使用了 VPN 加代理伺服器及 Tor 瀏覽器再轉指紋瀏覽器來掩飾網路身份，但為了得到岸見先生的分析，他什麼都不管，決定把自己跟薛哥的故事毫不保留地一一告訴學者。

「……年輕人，今晚我很高興能認識你。我很欣賞你的坦白，亦被你的真愛而感動。坦白說，我也有過一段深刻愛情。不過，時間始於是最有力的愛的見證。你不要太擔心，你的愛人可說是ENFJ之王，與其說是領導者，不如說是支配者更加正確。

孤獨對ENFJ者來說，根本是一種挑戰。ENFJ人格的人極具社交能力，通常喜歡與他人互動，並在社交場合中表現活躍。他們對人際關係的重視使得孤獨感對他們而言是不存在的。當面對孤獨時，ENFJ往往會感到不安，因為他們的自我價值感與他人的關係密切相關。他們可能會試圖通過聯繫朋友或參加社交活動來緩解這種孤獨感，以重新建立與他人的聯結。所以，你不用擔心，只要他身邊有朋友，他會很快走出陰霾。

至於他會如何接受被出賣？不得不坦白說，被出賣這一刀比孤獨刺得更深、更痛。因為ENFJ的人性格中包含強烈的同理心和利他主義，這使得他們在關係中非常信任他人。然而，當遭遇背叛或被出賣時，他們會感到極大的失望和痛苦。由於ENFJ通常期望他人能夠理解和回報他們的付出，因此一旦發現自己被出賣，他們可能會陷入深刻的自我懷疑和情緒低落中。他們需要時間來處理這種情緒，並可能會選擇暫時遠離那些讓他們失望的人，以保護自己的情感。所以，我勸你，如果是愛他的，離他越遠越好。

而失敗對於ENFJ來說，無疑是一個特別困難的經歷。由於他們通常在社交和領導方面表現出色，失敗可能會直接影響他們的自信心。但是，只要他身邊有朋友或家人的鼓勵與支持的話，以他四十來歲的歷練，我相信他捱得過的。還有就是，幸好你沒有把貓帶走。你知道嗎，在他這脆弱的時候，一頭小貓往往是令他甦醒的最有效的靈丹妙藥。」

小黑謝過岸見先生後，便隨即發了一封匿名電郵致台灣即時影音串流平台知名播主「小戴」，預告他的好友薛哥的「獨家動作片」將會炸網，希望他能為兄弟護航及拆彈。最後，他拜託小戴永世都不要讓薛哥知道有此封電郵的存在，希望小戴能一直站在薛哥身邊支持他，直至他東山再起。

7.2

小文的西式三餸一湯，薰得滿屋「意」味，讓人猶如置身舊式的義大利餐館，有淡淡的香草味，亦有濃濃的芝士香氣。是日菜式有：意式豬腩卷、香草青醬佐牛排、綠咖哩鱸魚排義大利麵和海鮮食南瓜湯，當然少不了小安最愛的超多美乃滋牛油果沙律。

小安是小戴與小文領養的小女孩，6歲。這次跟薛哥是初次見面，薛哥當然會給「準乾女兒」最有紀念價值的見面禮。

「小安，過來，他是爸爸最好的朋友，薛哥。」小戴把小安從書房中帶到薛哥面前。

「Hello……薛哥。」小安輕聲道。

「小安很乖。這裡的模型公仔，全球只得一套，全部都送給小安的。你喜歡嗎？」

小安小心翼翼打開禮物盒，並把二十個手辦模型逐一取出，放在飯桌：「它們很可愛，它們是什麼蟲？它們叫什麼名字？」

「它們還未有自己的名字，但是它們都屬於『不死生物』的成員。」

「『不死生物』？是不是『角落生物』的朋友？」

「是，它們的生存能力是地球上最強之一。它們為了生存，會進入一種『隱生』狀態，令自己存活 120 年。它們的生命這麼長，一定會有很多很多朋友。」

「那我可不可把它們放進『角落生物』的家庭裡？」話口未完，小安拉著薛哥逕自走進自己的睡房。

「小安，這樣快就忘記了爸爸？」

小安拖著薛哥，但眼看著爸爸，她咧嘴笑起來，露出兩隻大板牙洞對小戴說：「ㄇㄚㄇㄚ好像在叫你。嘻嘻。」

「……」

「……」

「……」

「……」

想不到薛、安倆初次見面就如此投契，兩人用心地為『不死』的手辦改名字？

「這隻叫『毛毛』。」小安說。

「這隻又叫『毛毛』？剛剛那隻不就是『毛毛』嗎？」更估不到，薛哥會這樣留心聽書的，哄得小安捧腹大笑。

「吃飯了，兩位大朋友、小朋友要吃飯嗎？還不快點給我去洗手。」小文使出老媽子本色，嚇得一大一小秒速逃離現場。

快樂的時光總是過得特別快，轉眼間，小文跟小安已在書房溫習，剩下薛哥跟小戴兩兄弟。

「哥，你真本事，回來一年不到，便東山再起。」

「回想當日喝醉回來台北時，如沒有你幫我，支持我……」

「不是我幫你，是天意。一切都是老天爺安排好的。誰也想不到那些片子的反應好得這誇張，迴響這麼大。這叫時勢造英雄，台灣這幾年『LGBTQ+』白熱化，什麼藝人、議員、名人都紛紛出櫃，你見串流平台都多了很多這類電影、電視劇、舞台劇、廣播劇、網劇，所以由你來領軍開辦『LGBTQ+』頻道，就最具說服力。」

「回台時，我只是一名爛臭醉漢，沒有你幫我『吹雞、搖旗』，打點一切，我又怎能順風順水。」

「兩兄弟，別抬舉我了，我最多只是打了幾通電話，所有的路都是你自走出來的。現在又說要打造『不死角落』，在這圈子裡運作的人，有誰能跟得上你？」小戴到冰箱再取出兩樽啤酒，他繼續：「對了，小文問我，你是如何會想得到用『水熊蟲』這個點子來鼓勵同志的呢？」

都已不知喝了第幾樽，薛哥站起來說：「不行了，再不放尿的話，便會爆胱，讓我想想，回來告訴你。」回來後，他把手搭在小戴肩膀上說：「我記得了，回來三個月左右，有一天，我收到一封電郵，是那個⋯⋯那個⋯⋯在大阪酒吧認識的梓什麼呢？梓⋯⋯梓⋯⋯梓什麼，那個陽光少年，笑起來有點像柏原崇、瀧澤秀明那個，你說你們那夜也有一起喝酒的，你們還送他回家，你還說他家豪華得像白宮。有沒有印象？⋯⋯可能喝得太多，我一時忘了。總之，就是那個陽光少年，他說看了我的片子，很想念我，很想立刻過來台灣找我。又說有天在他爸爸的辦公室發日夢時，看見一隻小飛蟲之類，之後就寫了一篇文章送給我。我找給你看。等等，你等等。我的老花又嚴重了，現在看手機，沒老花鏡的話⋯⋯」

「你等下⋯⋯⋯⋯找到了。給你看。」

「在一個平常的工作日，辦公室的白牆上，一隻煙甲蟲靜靜地爬行著。這隻小生物的動作緩慢而穩重，彷彿在思考著每一步的意義。它的身體光滑，黑色的外殼在燈光下閃爍著微弱的光澤，像是某種隱秘的符號，無聲地訴說著它的故事。

這面白牆，原本是冰冷而無趣的，但煙甲蟲的出現卻讓它變得生動起來。甲蟲在牆上來回游走，偶爾停下來，似乎在欣賞周圍的世界。它的觸角不時揮動，感知著空氣中的微小變

化，像是在探索一個未知的宇宙。每當它停下來時，那份靜謐彷彿將時間凝固，讓人不禁想要靠近，去窺探這小生命所見的奇妙景象。

辦公室裡的人們忙碌著，鍵盤敲擊聲、電話鈴聲交織成一曲繁忙的交響樂。然而，在這片喧囂中，煙甲蟲卻是一位孤獨的舞者，它在白牆上獨自演繹著生命的舞蹈。或許，它並不知道自己正處於一個充滿壓力和緊張情緒的環境中，只是專注於自己的旅程。

突然，它停下了腳步，面對著一個小小的陰影。那是一根細細的電線，懸掛在牆上。煙甲蟲似乎被這突如其來的障礙吸引了注意，它小心翼翼地爬上去，試圖跨越這道障礙。這一刻，它不再是那隻平凡的小昆蟲，而是一位勇敢的探險者，在未知中尋找著自己的道路。

隨著時間流逝，煙甲蟲終於成功地越過了電線，繼續它的探索之旅。它在牆上的每一次轉彎，都像是在揭開生活的一層層面紗。或許，它並不明白自己所經歷的一切，但它卻以自己的方式，在這片白色空間中留下了痕跡。

就在此時，一位同事抬頭，看見了這隻小生物。他微微一笑，心中泛起一絲暖意。或許，在這忙碌而冷漠的辦公室裡，煙甲蟲正是那一抹意外的溫暖，它提醒著每一個人，即使在最平凡的日子裡，也能找到生命的小確幸。——梓晴」

「梓⋯梓⋯梓⋯梓⋯，人家叫梓晴。這麼悅耳的名字，也記不住。他的文筆不俗，帶點村上春樹的風格。但是，這篇文跟『不死角落』又有什麼關係？」

「關係大得很。尤其是最後一句『它提醒著每一個人，即使在最平凡的日子裡，也能找到生命的小確幸。本來我只是想上網看看什麼是煙甲蟲，後來卻讓我找到『不死角落』的王者『水熊蟲』。你看我，尤其像我這些，由直到彎的，我深深感受到同志的路不易走，不論高山低谷、高溫低溫，『水熊蟲』也能活下去。這個梓晴，可說是我的貴人，有機會真的要去大阪『重酬』他。」

「那真的是辛苦你了。」

「Allow me. He deserves it. 我要『重重的重酬』他。すごいすごい⋯⋯？」當薛哥喝醉的時候，通常會出現多國語言的現象。

「哈哈哈哈，哈哈哈哈。」

「哈哈哈哈，哈哈哈哈。」

7.3

蝦、蝦、蝦、蝦，全部都是蝦。

休魚期後海蝦當造，海鮮群組連續幾個星期滿滿是蝦相關的帖文。港、台網紅吃播先鋒小U如常穿上大衣領tee，真空跌膊上陣，在鏡頭前不斷剝蝦殼、點辣椒豉油及吮蝦。

吮，是小U的招牌動作。這個點子是其經理人，人稱「橋王之王」的薛哥教她的。

小U真的很會吮，無論是拉麵、雞槌、炸熱狗、提拉米蘇、串燒、叉燒、壽司、燒賣，甚至各式直徑兩吋大肉丸，都能在她的口腔中翻來覆去，在她的舌頭上大跳圓舞。

面對長桌上五大斤海蝦：車海老、九節蝦、赤蝦、大頭蝦及藍尾蝦，小U邊拆邊點邊吮之同時，亦不忘跟粉絲互動。

每次滑手機前，她都把手浸在有混合檸汁和水的水兜裡，把手洗得乾乾淨淨，再抹乾十指才玩手機。

「大頭蝦真的太好吃，尤其頭內的膏和汁，捧在手裡，讓鼻子一『索』，就已經有品酒效果，輕輕一『索』已叫人興奮。剛剛吃了一斤大頭蝦，即是『索』了一斤蝦頭，所以現在有點點醉意。」

「大家等等，讓我先洗洗手。在鏡頭前，要保持清潔，是薛哥教我的。我很記得，第一次和他見面時，他就拜託我要漱口，要保持口腔清潔。」

「為什麼第一次見面就要漱口？」螢光幕即時顯示粉絲的好奇一問。

「你們別這麼多心，拜託。用餐前洗手，用餐後漱口，是常識吧。」小U解釋。

「什麼？你PM了好東西給我看？好的，等一下，待我擦乾雙手才細心欣賞你轉發給我的好片子。」

小U拿起小方巾抹手後，亦順便抹去「北半球」上的幾滴鼓油和蝦汁。她在手機面劃了一個U字解鎖後，便播放忠粉轉發給她的「好東西」。

小U一看，看得目定口呆，動作片中的男主角，不就是薛哥嗎？薛哥何時變彎的？還是他一直是雙性？

片子一段接一段，鏡頭下4K的影像質素把薛哥的每吋肌肉、每根血管、每個毛孔都細緻呈現，愛與汗交織的成果，燃燒起全球每位觀眾的激情。薛哥與愛侶的全方位、零死度的激戰畫面，遠勝三上悠亞、河北彩伽等流水作業。

「在鏡頭前，你就是演員，你演食，就要認真食，不是鬧著玩的。你要吃得很享受，很滿足，吃得別人看著你吃就好像自己也跟你一起吃了一樣，你飽了，他們也飽了。你明白嗎？」小U開播初期，薛哥時常在旁悉心指導她，教她如何討好觀眾，如何為自己打造獨有的江湖地位。

「嘩！他真的很賣力，看得我巴不得立刻改吃 Frankfurter Wurstchen。」雖然是直播中，但小U也忍不住一直一片接一片的追看下去。她繼續自言自語……

「他真的很享受，我跟他的時候都不曾見過他這個快樂的樣子。真的令人羨慕！」

「你跟他？」

「你羨慕？我羨慕他才對。」

「他是不是你的經理人薛哥？」

「你跟他做過什麼？可不可以說清楚？」

「你跟他？他不是彎的嗎？」

「他是不是呃蝦條？」

「小U？」

「不要顧著看，回應下。」

「小U？還吃嗎？」

「小U？」

「小U？」

「小U？」

「小U？」

「是你的經理人薛哥？」

看來薛哥跟小黑的全方位、零死度動作片已被瘋傳，油管、臉書當然被禁，但推特、抖音、Reddit、Telegram、Line、微信等社群網路平台仍然海量地旋風式瘋傳。

．．．

「我是黑客，專門負責收錢搞事的，有什麼辦不到？」小黑跟薛哥見面的第一天已經如實告知室友自己的身份。收了7位數字酬勞的小黑，這次幹得不遺餘力。在Mon姐一聲令下，把薛哥的動作片傳遍世界各地，舉凡有網絡的地方，都可看到薛根賣力的演出。

．．．

「我真的有點懷疑，這個人就是上次叫我們上他家的那位大叔。我記得這條『無料扮四條』的粉腸，約了我們兩姊妹上他家，從頭到尾都在耍我們，折磨我們，一時要我們自摸，一時手口並用地玩弄我們，不准我們叫，不准我們動，由半夜玩到天光。結果，他那話兒仍然是『六點半』。」小Z趁熱鬧到小U頻道踩場，一心數臭薛哥。大、小Z的踩場，令薛片火上加油，炒得熱辣滾燙。

「什麼？」

「如何玩弄？」

「很有興趣，請多爆一點！」

「我對孖妹情有鍾，請開價。」

「求PM聯絡方法。」

「我也想知價錢。」

「自己沒能力還學人『起雙飛』。」

「我看他應該是『基』底。」

「嘩！大叔那對『潛力』股引死我了。」

「很誘張，用來『釣蝦』真的太浪費了。」

暴風式增長的留言，自小Z踩場後，風向由對Frankfurter Wurstchen的膜拜，頓時轉為對薛哥的恥笑；從對「六時半」的恥笑，變成同志們的讚嘆。

「唉，獨食之過，早知自己吃不了，應該組隊4P。」

然而，「抽水專家」小Z的風頭可謂一時無兩，短短幾分鐘便成功為姊妹倆帶來源源不絕的新客。就連平日很少搭訕的「虛火」才子，也加入「抽水」行列，分一杯「呃Like」羹：

「孖者，成雙也。樓上4P的建議，真有見地。」

小U直播了幾年，從未試過如此眊動的洗版式留言。為了自己，她當然想讓留言一直以幾何級數式增長；但是為了薛哥，她的良心卻迫她不得不終止直播。

．．．

在思緒混亂之中，小U撥了電話給薛哥。可惜電話未能接通；

在頭昏腦脹的一刻，小戴撥了電話給薛哥。可惜電話未能接通；

在欣喜若狂的瞬間，梓晴撥了電話給小戴。可惜電話未能接通。

在腦袋一片空白的剎那，薛哥撥了電話給自己。他喝醉了，他獨個兒在家裡撥了一通電話給自己。原來，這個時候，薛哥這個存在主義者才醒起，在自己的世界裡，從來只有自己一個人。

他打電話給自己，他任由電話裡長「嘟」的聲音。他就是沉醉在左手交右手，右手交左手地跟自己聊電話。

「喂，是我。發出吧？」他的聲音低沉而沙啞，像是從深淵中傳來的回聲。

「發出？去哪？喝醉了嗎？」聲音透過電話傳來，帶著一絲無奈。

「沒有醉，只是突然，今晚……有些……感慨。」感慨這個詞，仿佛它能為他此刻的情緒找到一個合理的解釋。

「感慨？感慨什麼？」顯然不想被拖入他人的情緒漩渦之中。

「沒什麼。我們都快入伍了，對吧？」忽然問道，心中卻在思考著那些過去的日子。他們曾經年輕時的夢想，如今已經被日常生活的瑣碎事所淹沒。

「是啊，差不多了。」語氣中帶著一絲無奈。

「那我們為什麼不主動出擊，當自己人生的話事人？人家戲弄我，我不在乎。I don't care。我們，一於向世界出發，我們現在就去環遊世界！好不好？」聲音逐漸高昂起來，像是被某種力量推動著。

「環遊世界？現在？這麼突然？」被這突如其來的提議驚到了。

「NOnono。對了，Yeah！我們譬如去巴黎、去巴西、去東京！我們可以喝酒、喝酒、再喝酒！」薛哥的語言如潮水般湧出，聽者也能感受到心中的熱情在燃燒。

「……工作呢？我們連中產的門檻都未達標。現實點吧。」試圖拉回現實。「現實？現實就像這樽酒，苦澀得讓人窒息！你知道嗎？你真的知道嗎？」他大聲喊道，他能感受到酒精在血液中翻滾，仿佛要將他所有的不滿與壓抑都釋放出來。他閉上眼睛，腦海中浮現出各種畫面：在巴黎的街頭漫步，在巴西的沙灘上嬉戲，在東京的小巷裡品嚐壽司。這些畫面如同電影般在他眼前閃過，每一個瞬間都充滿了自由與快樂。他繼續說：

「你還記得我們那些年跟無艷許下的承諾嗎？我們說過人一世物一世，一生人一定要背著背包，帶著無艷去環遊世界一次。」

「但是，環遊世界也要真金白銀？」

「我們入伍了，入伍前不去，之後耽誤幾年，又耽誤幾年，就一直到老死……而且人很化學，今日不料明日事。」他突然感到心中一陣激動。他的聲音越來越高，幾乎要將整個地球上的物種都喚醒。

「嗯……真的決定拋下一切，即時起行嗎？」他似乎開始動搖，但仍然保持著理智。

「我不知道，我現在真的什麼也想不到，只是很想盡快即刻離開這個地方！」薛哥幾乎是吼出來，他能感受到自己心中的渴望如洪水般洶湧而至。

「好吧，如果你真的想去，我陪你，my brother。」他妥協了，但語氣中仍然帶著猶豫與不安。

「就這樣決定，機場見。」薛哥心中一陣狂喜，他幾乎可以聽到自己的心跳聲。他掛掉電話，心中充滿了一種難以言喻的興奮。他站起身來，走到書桌旁，打開抽屜，取出Passport，然後昂首闊步走出西貢北港坳 8B 三樓。夜風輕拂過他的臉頰，如同一種無形的力量在鼓勵他。他抬頭望向星空，那些星星似乎在對他微笑，他能感受到宇宙中的某種神秘力量在召喚著他。

「我自由了。」他自言自語，但心中的火焰卻越燒越旺。他知道自己即將踏上一條未知之路，而這正是他所渴望的自由。

夜空中的星星依然閃爍，薛哥知道，他即將踏上一條未知而又充滿挑戰的新旅程，而這正是他一直渴望的人生。

他醉醺醺跳上的士。

「機場。」

「先生，我看你似乎喝醉了。」

「對，人生得意須盡歡，莫使金樽空對月。開車吧，麻煩你，師傅。」

「首詩都吟得幾有紋有路，相信都不會太醉。但是…身上有帶錢嗎？」

「自己數。」薛哥把銀包拋給司機。

「不用不用。請繫好安全帶。」

當薛哥去到機場，停下腳步，看著眼前繁忙的人群。他們每個人都在忙碌著，有的人低頭看手機，有的人急匆匆地趕路。薛哥忽然覺得自己似乎與這些人格格不入，他不再是那個被現實逼瘋的小人物，而是一位即將啟程的冒險者。他走向國泰櫃位問：「你們最快起飛的航班是去哪兒的？最快何時起飛？」

國泰小姐正眼看著薛哥兩秒，她認出他是「BL 動作片男一」，她偷偷瞄了一眼薛哥的褲襠，才帶點點猶豫地說：「先生，有什麼可以幫到你？」

可是，薛哥發火了：「我要飛。我要買票，我要買最快起飛的航班機票。」

由於薛哥滿身酒氣，國泰小姐獲上司批准後，才決定讓薛哥坐上四十分鐘後飛往台北的航班。

7·4

近年來，台灣的同志遊行已經成為亞洲最具規模和影響力的 LGBTQ+ 活動。自 2003 年首次舉行以來，這一活動逐漸演變為一場慶祝多元文化與平權的盛會，吸引了來自各地的參與者和媒體關注。

每年的同志遊行通常在十月的最後一個週六舉行，2023 年也不例外。這一年，遊行的主題為「與多元同行（Stand with Diversity）」，吸引了約 176,000 名參與者，創下了歷史新高。儘管當天早上有降雨，隨著天氣逐漸好轉，熱情的人潮依然湧入台北市政府前廣場，展現出對 LGBTQ+ 權益的強烈支持。

這場盛會的開始是在中午，當時的廣場上擺滿了各種攤位，從當地的 LGBTQIA+ 企業到社會運動組織，各式各樣的展位吸引著參與者的目光。人們在彩虹市場中漫遊，品嚐著各種美食，並參加由不同團體舉辦的活動和表演。這些活動不僅促進了社區的凝聚力，也為參與者提供了一個展示自我的平台。

遊行於下午兩點正式啟動，參加者分為南北兩條路線，沿著預設的路徑緩緩前進。這樣的設計不僅避免了人潮擁擠，也讓每一位參與者能夠更好地享受這個充滿色彩和活力的盛典。沿途，五顏六色的旗幟隨風飄揚，各種服裝和裝飾展現出多元化的性別和性取向，讓人目不暇接。

在遊行中，各種社會運動和政治團體也積極參與，包括民主進步黨、時代力量等政黨代表。他們希望透過這樣的平台推動更多友好的政策，以支持 LGBTQ+ 社群。副總統賴清德是今年唯一參加遊行的高層官員，他的出現不僅表達了對該運動的支持，也顯示出台灣對性別平權議題的重視。

「與多元同行」這一主題強調了每個人都應該被尊重和接納，不論其性別、性取向、種族或經濟背景。遊行組織者表示，「多元」不僅是關於性別和性取向，更是關乎生活方式和個人選擇。這樣的理念在台灣逐漸深入人心，越來越多的人開始理解並接受不同身份所帶來的豐富性。

儘管台灣在 LGBTQ+ 權益方面取得了顯著進展，但仍然存在一些挑戰。例如，在跨國同婚和收養權方面，法律仍需進一步完善。2023 年初，台灣通過了新的立法，使得同性伴侶可以共同收養非生物孩子，這是邁向更全面平權的重要一步。然而，對於跨國婚姻及其他相關議題，仍需持續努力。

這年的同志遊行不僅是一場慶祝活動，更是一個呼籲社會關注與包容的平台。隨著社會對 LGBTQ+ 權益支持度的不斷提升，台灣在性別平權方面正穩步前進，而這場盛會則是彰顯這一進步的重要象徵。人們在這裡不僅是為了慶祝自己的身份，更是為了共同推動一個更加包容和多元的社會。

今年也不例外，而且參與者比 2023 年多出十倍，遊行主題為「Be Tardigrades」。跟往年一樣，一大清早各單位及人潮於台北市政府前廣場集結，並分為南北兩條路線。遊行比往年提早了兩小時，於下午12時15分出發，遊行分南北兩條路線。北路線由市民廣場經仁愛路、敦化南路、忠孝東路、逸仙路再回回台北市政府前廣場；而南路線則由市民廣場為起點，途經仁愛路、光復南路、信義路、敦化南路，最後折返台北市政府前廣場。

對首次來台的日台混血兒，如果要跟薛哥相遇的話，應該選擇北路線？還是南路線？梓晴站在起點四望張望，希望憑肉眼能掃瞄到薛哥。首先，他鎖定身上穿上「不死角落」隊衣的工作人員，可是原來很多參加者一早已訂了「不死角落」的隊衣，並聚集在一起等待出發。

跟薛哥只有一面之緣的小伙子，決定用排除法去解決問題，他直覺認為薛哥是會挑選粉紅隊衣，故此，他金睛火眼地搜索「LGBTQ+ 頻道」領班人薛哥。他等了又等，時間一分一秒的消失，將近正午十二時，一陣歡呼聲由遠處的市府路傳來。

「一定是他！」薛哥渴望著。

就在此時，一輛插著巨型彩虹旗的電單車飛馳到「LGBTQ+ 頻道」的攤位。這位粉紅騎士左手接過工作人員的咪高峰，高呼「Let's go, tardigrades.」，右手抱起一位同樣穿上粉紅隊衣的小女孩，騎士抱緊小女孩後便啟動摩打踩油帶領遊行隊伍出發。

粉紅騎士的特襲，嚇呆了梓晴。他就好像不倒翁一樣，縱使有數百個人推過、撞過、碰過、拉過、踏過、挪過、穿過、擠過也好，縱然已被蹂躪得體無完膚，但他依然像傷兵鼻樑上的眼鏡一樣，縱使斷了臂、裂了鏡片，仍忠心地守護在骨折血染的鼻樑上。

看著遠去不知幾公里的騎士背影，他不確定粉紅騎士是否薛哥，但他相信騎士已名花有主，他來遲一步了。來遲一步了？No way！自己從 1,716 公里之外，花了6小時15分鐘的飛行時間來到媽媽的故鄉，梓晴好歹要找出真相。如非親眼見過薛哥一家三口的畫面，總之找不到真相，他勢不罷休！

真相？什麼是真相？這個問題就像一隻在夜裡游蕩的貓，靜悄悄地在黑暗中穿梭，讓人無法捉摸。法國哲學家米歇爾．傅柯（Michel Foucault）曾經說過，真相並不是一個固定的存在，而是由特定的社會和歷史背景所構建的。他的思想如同一杯濃郁的咖啡，讓人品味後感到一陣微微的苦澀。

傅柯在《知識考古學》中，探討了知識如何形成，以及這些知識背後隱藏的權力關係。想像一下，一個人在圖書館裡翻閱著古老的書籍，書頁發出沙沙的聲音，每一行字都是過去某個時刻的回聲。傅柯告訴我們，真相並不是簡單地反映現實，而是在不同話語體系中交織而成的一種幻影。

他提出了「真相的政制」這個概念，這讓我想起了那種在城市中漫遊時偶然發現的小巷子。每個社會都有自己的真相體系，這些體系決定了什麼被視為「真實」，而什麼又被排除在外。比如，在某些地方，科學話語可能是最具權威性的，而在其他情境下，宗教或傳統文化則主導著人們對真相的理解。傅柯強調，這些話語不僅是描述現實的工具，更是塑造現實的力量。

想像一下，在一間咖啡館裡，兩個人坐在角落裡低聲交談。他們討論著醫療、政治、甚至愛情。在這些對話中，他們似乎不斷地重塑著彼此對於「真實」的理解。傅柯認為，知識與權力之間存在著密不可分的聯繫。當某種知識被認可為「真實」時，它同時也在維護和強化某些權力結構。就像那位醫生用專業知識告訴你該怎麼做，而你卻只能默默接受。

在傅柯眼中，「真相」是一個由多重約束所產生的結果，它引導著社會行為並產生規範效應。在任何社會中，對於「真實」的理解都是一個動態過程，隨著社會話語和權力結構的不斷變化而變化。因此，我們必須批判性地看待所謂的「真相」，並意識到它們背後所隱含的權力關係。

如今，面對真假難辨的信息，如同在海洋中尋找那隻失蹤的小船。社交媒體和數位平台加速了信息流通，但同時也讓「真相」變得愈加模糊。在這樣一個「後真相」的世界裡，人們開始質疑傳統媒體和政治機構所提供的信息是否還可信。

傅柯對於真相的理解提醒我們，在追求知識和理解世界時，我們必須考慮到社會、文化及歷史背景如何塑造我們對於真實性的認知。這不僅是一個哲學問題，也是當代社面對的重要挑戰。我們需要不斷反思那些看似理所當然的「真相」，以便更深入地理解我們生活中的複雜性與多樣性。

傅柯要我們在這片寧靜而又喧囂的世界裡，靜下心來思考：什麼是真相？或許，它就像那隻游蕩於夜色中的貓，永遠無法完全捉摸，但卻又始終伴隨著我們，讓我們思索、探索，直到最後找到一些屬於自己的答案。一言以蔽之——

就算親眼目睹薛哥一家三口，也不是真相。因為真相不真相，由我這一代來定義；由我這一代台日混種來定義；由我這一代台日混種同志來定義。去他媽的傅柯！

真相由我定義！

於是，他看著「真相」，就像驢子追著胡蘿蔔一樣，那怕路途有多遠，他都鐵定一直追下去。直至……

走到信義區逸仙路一玩雜耍的攤位旁，被一小丑的後空翻一踢，把他凌空拋起半個身位倒地。澎的一聲巨響，引來不少遊行人士關注。九成忙著拍片，兩成趕忙直播，百份百舉機拍照。全場只有薛哥立刻用對講機呼喚工作人員，他驅趕群眾後，雙手抱起梓晴，放他在青蔥的草地上。再向工作人員要水、要毛巾、要急救箱，最後他對對講機說：「請小戴過來接走小安！」

小安靜靜在冰雕攤位裡等待爸爸時，薛哥為梓晴檢查傷勢及護理傷口。

「薛哥……」

「痛不痛？這裡痛不痛？按到痛的位置要出聲。」

「薛哥……」

「這裡？」

「薛哥……我……」

「先不要說其他吧，梓晴。」

「薛哥…，你記得我？」

「我一眼就看出是你。很出奇嗎？」

「薛哥……，我走了兩小時，終於，吖！」

「忍一下，不能不消毒的，晴晴。」

晴晴？對，沒有聽錯，的確是晴晴。這根位於南方 1,716 公里以外的歷煉鐵棒，遇上來自西北方的簇新磁石，試問兩者又怎能再分得開？薛哥等得很不耐煩：

「小戴到哪兒去了？」他對著對講機咆哮。

「小戴是誰？」晴晴問。

「是那個，在我走了以後，在大阪跟你喝酒的朋友？記得？」

「我不記得，只記得你走了。」

「那女孩是誰？」晴晴指向小安。

「我乾女兒，即是小戴的女兒。很聰明，眼睛特別明亮。」

「薛哥……，我們等什麼？」知道「真相」後，晴晴的手已急不及待地跑進薛哥褲檔裡。

「……小安小安，爸爸來晚了，過來吧，我們去吃冰淇淋。哥，我們先走了，晚上見。」

小安離去後，薛哥一個勁兒把晴晴抱起放在電單車後座，然後騎車上陽明山。三十分鐘的車程裡，樹懶晴晴一直貼在薛哥的背上，到了山峰，兩人便滾在地上纏綿地絞技起來。

在深秋的落日下，兩頭赤裸的雄獅，在電單車旁互相「切磋」，擁吻、翻滾、揉搓、提拉、校劍、吹捧、易位，繼而無限重複以上動作。兩頭雄獅震臂舞動的剪影，美得不能以筆墨所能形容，在此亦不贅言，索性留白……

……以靜聽在草叢間互相追逐的水熊蟲，偷偷喘氣的靡靡之音。

「你會來大阪找我嗎？」

「不會。」

「嗯？」

「我不讓你走，又何需到大阪找你？」

深秋的晚霞很美，在這樣的荷里活電影常用的「日落星起」佈景下，一句「不讓你走」的白色謊言，變得無比動聽。

7．5

在台北松山機場，薛哥和晴晴吻別後，隻身離去。而晴晴一直攬著薛哥的騎士頭盔打道回大阪豐中市。距離大阪市中心只有約15公里的豐中市，與大阪市淀川區相鄰，是大阪都市圈近郊的衛星城市，佔地36.39平方公里，人口約40萬，為大阪府人口第四多的行政區，僅次於大阪市、堺市及東大阪市。豐中市近年被視為大阪府的重要住宅區之一，由於治安、環境及交通優良等各方面條件，成為當地中高產家庭追捧的地區。豐中市教育資源豐富，日本頂尖學府之一、全國排名第三的大阪大學，便在豐中市設立校區以及綜合學術博物館；日本最具歷史的音樂大學大阪音樂大學也位於市內。因此，豐中市早已是有名的住宅區，日本已故漫畫大師手塚治虫也是在豐中市出生。

跟手塚治虫一樣，父親為日本人，媽媽為台灣人的日台混血兒九条梓晴就是在大阪豐中市長大，現就讀大阪大學危機管理課程。

「原來梓晴父親是難波不動產大王九条信二。」薛哥在跟小戴詳談與梓晴重逢後的風流韻事。

「那豈不是乘龍快婿？」

「不會吧！我不是說過要『重酬』他嗎？我只是守諾言而已。他的家教很嚴，平日足不出戶，這次也只是偷偷來台湊熱鬧。你也年輕過，你像他一樣年紀時，都不知唸過多少遍山盟海誓。最後，睡醒後不一樣是『你哪位』的成長過來。」

「對對對，人不風流枉少年。」

那夜，不管小戴如何留薛哥作客，薛哥像神推鬼孿似的，一意孤行，誓要在台北國道二號上飛馳回家。

7．6

那夜，小戴跟小文在廚房鴛鴦戲水時，大廳電視傳來……

「『台灣國道二號 多車連環相撞釀2死4傷』意外發生在晚上深夜11時半，32歲田姓男子駕駛汽車失控，連環撞向一輛私家車及一輛的士，其中的士右車尾遭撞後又遭一輛小貨車追撞．及後小貨車剎車不及撞向一輛電單車，導致車上45歲呂姓女子、53歲尹姓男子傷重，送院後傷重不治，其餘另有4人受輕重傷。」

十一時半？國道二號？電單車？此刻，就算戴氏夫婦有多肉緊，他倆都裙（圍裙）拉褲甩的撲到電視前打電話給薛哥。

「你打的電話暫時未能接通……」

「你打的電話暫時未能接通……」

「你打的電話暫時未能接通……」

聯絡不上薛哥的人，豈止小戴一個，還有梓晴。

「你打的電話暫時未能接通……」梓晴抱緊薛哥頭盔在懷中，為什麼不接電話？這麼快已忘記我嗎？

聯絡不上薛哥的人，除了小戴、梓晴，還有他——

與薛哥分開的五百四十九天裡，小黑沒有一刻停止思念過薛哥。這天，他決心帶著「花老爺」來找薛哥團聚。可惜卻遇上交通意外，在的士翻側的瞬間，他求老天爺，讓他活著見到薛哥就夠。見到以後，他會吃素，一生吃素！

就在他被小貨車剷飛著地的瞬間，他求老天爺，讓他活著見到小黑就夠。見到以後，他會信主，一生信主！

為了提倡素食和為主吸收門徒，老天爺安排薛、黑二人在次等急症的候診區長凳上踫面。兩人在全無預警下見面，什麼「很久不見」、「你好嗎」、「對不起」等廢話，一律拋諸腦後。小黑深深撫著薛哥右臂的傷口，而薛哥捉著小黑左手，久久不放。兩人旁若無人的四目交投，沒有半句客套廢話。

突然，薛哥鼻子用力索了一下，再打破沉默：「我們找個寧靜的地方慢慢談。」話畢，他們把自己塞進醫院的物資補給間，門一鎖，薛哥即問：「這裡沒cam吧？」

小黑的喜悅如同春日的晨曦，昔日那排白得發亮的牙齒再次被薛之舌旋風式地掃蕩起來，彷彿一場久違的狂歡。薛哥的手如同藝術家般，溫柔地將小黑按在那雪白無瑕的牆壁上，牆面散發著一種冷冽的光澤，映襯著他們彼此的熱度。他從身下抽出小黑的胳膊，帶領著他的雙手向後降落，輕輕地放在自己強而有力的雙股上。

這一瞬間，時間似乎靜止了。他們彷彿置身於一個四面透明的氧氣箱裡，四周是無形的界限，卻又充滿了彼此濃烈的氣息。小黑感受到薛哥身體散發出的溫度，如同一團燃燒的火焰，驅散了周圍的寒冷。他們有節奏地喘著氣，每一次呼吸都像是對彼此心靈深處的探索。

薛哥微微低下頭，耳垂被他含在嘴裡，那是一種既親密又充滿誘惑的動作。他閉著眼睛，感受著小黑柔軟肌膚所傳遞出的每一絲熱度。此刻，他們的嘴巴緊緊相貼，呼出的一口口熱氣如同晨霧般在空氣中交融，薰得這個氧氣箱內滿是水氣，彷彿連空氣都變得黏稠起來。

薛哥用力地將小黑的手固定在自己的腿上，他能感受到小黑微微顫抖的指尖，那是渴望與期待交織而成的悸動。隨著他們的呼吸越來越急促，小黑不由自主地向前傾身，身體貼近薛哥，那股熱情如同潮水般洶湧而來。薛哥感覺到小黑身上的每一寸肌膚都在呼喚著他，那種強烈而又純粹的渴望讓他無法自拔。

隨著他們之間的距離愈加縮短，小黑微微抬起下巴，露出脖頸那柔滑而誘人的曲線。薛哥忍不住低頭輕吻上去，那一瞬間，他們彼此之間彷彿產生了一種無法言喻的連結。這不是單純的肉體接觸，而是一場靈魂深處的交融，一種超越時間與空間的共鳴。

就在這樣一個充滿張力與激情的瞬間，他們不再是兩個獨立的存在，而是化作了一體，在這透明而又封閉的小空間裡，共同呼吸、共同感受、共同沉醉於這份難以言喻的愛戀。

薛哥抓緊小黑那兒說：「我不讓你走。我們結婚吧！」之後，他倆再次互相「熱搜」起來，直至……

門外清潔大嬸拍門叫道：「你不讓他走，也要讓我走，我要取袋下班啦！」

7．7

婚禮前一天的晚上，小黑獨自在酒店房間裡坐立難安。四周的寧靜與他內心的波濤洶湧形成了鮮明的對比，窗外的燈光如星星般閃爍，卻無法平息他心中的焦慮。明天的婚禮，將是他人生中最重要的時刻，然而此刻，他卻感到一種難以言喻的孤獨與不安。

思緒紛亂之際，小黑想起三島由紀夫在《天人五衰》中所寫的一段話：「人生就像一場夢，在夢中我們追求著虛幻的幸福，卻忘了現實的殘酷。」這句話如同一把利刃，割裂了他對於未來美好的幻想。他不禁感嘆，婚姻究竟是幸福還是枷鎖？在這個瞬間，他感受到了一種深刻的矛盾：一方面，他渴望著與薛哥攜手共度餘生，另一方面，對於即將踏入的那扇門，他又感到無比恐懼。

婚禮當天，陽光明媚，清風徐徐，彷彿連大自然也在為他們的結合祝福。然而，小黑心中的緊張卻如同烏雲般籠罩著他。他提心吊膽地來到了Bˇ33美軍俱樂部。這座位於陽明山的俱樂部，以其獨特的美式鄉村風格與現代設計相融合而聞名，是許多新人夢寐以求的婚禮場地。

BY33 美軍俱樂部佔地超過 800 坪，原本是為駐台美軍官兵而建的宿舍群，如今則轉型為一個充滿藝術氣息和歷史韻味的聚會場所。走進這裡，你會被那條通往祭壇的長長紅毯所吸引。兩旁擺放著白色蝴蝶結點綴的木椅，散發著溫馨而浪漫的氛圍。俱樂部內部保留了原有的泳池結構，並將其改造成一個具有舞台及酒吧台功能的展演空間，使得每一場婚禮都如同一場盛大的派對。

小黑牽著小花女小安的手，走向牧師跟前，每一步都像是在踏入一個無法回頭的境地。周圍的一切似乎都在慢動作中展開，時間在此刻變得格外漫長。他能感受到 BY33 獨特環境帶來的氛圍，那是一種既古老又新穎、既懷舊又充滿活力的感覺。

沒有門牙的小安微笑著看向他，那笑容如同晨曦中的陽光，瞬間驅散了小黑心中的陰霾。然而，他心底仍然隱隱作痛，那是一種對未來的不確定感，如同海浪拍打著岸邊，不斷侵蝕著他的信心。小黑知道，這一刻不僅僅是兩個人的結合，更是兩個家庭、兩種生活方式、兩種價值觀的交融。

就在此時，小黑突然停下腳步，目光穿越人群，尋找那個熟悉而又親切的身影。他熱切期盼薛哥的出現，心中湧起一陣複雜的情感，他知道自己即將踏入的是一段新的旅程。

站在牧師面前，小黑深吸了一口氣，努力讓自己平靜下來。這是一場盛大的儀式，也是他生命中的轉折點。他知道，在這條紅毯上，每一步都將改變他的命運，而未來則充滿了無限可能。此時此刻，他不再是那個孤獨而迷茫的小黑，而是一位即將迎接新生活的「人妻」。在這份期待與緊張交織的情緒中，他緊握著薛哥的手，決定勇敢面對即將到來的一切。

看著牧師，他再次想起三島由紀夫在《潮騷》中所描述的場景：「兩個人相遇，彷彿是命中注定。」

牧師開始主持儀式。

「親愛的親戚朋友，今天我們聚集在這裡，見證兩位特別的靈魂——薛紀求和江小黑的結合。在上帝和在座每一位的見證下，他們將彼此承諾，攜手共度未來的每一刻。」

接著，牧師轉向新人，語氣莊重而溫暖：

「薛紀求，你願意在上帝和這些見證人的面前，接受江小黑為你的合法伴侶嗎？無論是順境或逆境、健康或疾病，你都願意愛護他、支持他、忠誠於他，直到永永遠遠嗎？」

薛哥微笑著回答：「我願意。」

牧師點頭，轉向另一位新人：「江小黑，你也願意在上帝和這些見證人的面前，接受薛紀求為你的合法伴侶嗎？無論是順境或逆境、健康或疾病，你都願意愛護他、支持他、忠誠於他，直到永永遠遠嗎？」

他同樣堅定地擰頭：「我不願意。」

全場嘩然！

一朝被蛇咬，十年怕草繩，小黑一句「我不願意。」嚇得薛哥差一點點，只差一點點，就會大叫「蒙美琪，出來吧！你不如痛痛快快地一鎗了結我吧。」正當薛哥抱頭仰天張嘴時……

「除非他從今以後改掉身份證上的英文名，否則我不願意。」小黑繼續。

「可不可以告訴我們，他身份證上的英文名是什麼？讓我們來見證，以後席上每一個人都不可再叫他這個名字。」牧師很配合。

「Joe, Joe Sit.」

薛哥猛然點點。「我不再是 Joe Sit。我不再是 Joe Sit。我不再是 Joe Sit。」

全場再次起哄。但是，牧師請大家靜下來讓儀式繼續：「現在，我們將進行戒指的交換。這些戒指象徵著你們之間無盡的愛與承諾。」

牧師將戒指遞給薛哥，「請將戒指戴在對方的手指上，並重申你們的誓言。」

新郎輕輕地將戒指戴上對方的手指，並說道：「我以此戒指為證，我將永遠愛你、珍惜你。」

然後，新郎也將戒指戴上自己的手指，同樣重申道：「我以此戒指為證，我將永遠愛你、珍惜你。」

最後，牧師舉起雙手祝福道：「願上帝賜予你們無盡的愛與幸福。從今以後，你們不再是兩個獨立的靈魂，而是彼此相依的一體。讓我們一起以掌聲祝賀這對新人！」

隨著掌聲響起，新人相擁而吻，全場洋溢著溫暖而幸福的氛圍。這一刻，不僅是對他們愛情的肯定，也是對未來共同生活的美好展望。

儀式結束後，賓客紛紛上前祝福新人。

想不到的是，不速之客蒙美琪也前來獻上自己的祝福，希望他們能攜手走過人生的每一個階段，共同面對未來的挑戰。

來到婚禮的尾聲，薛敲了三下長腳玻璃杯，站在宴會的長檯上說：

「三島由紀夫在《潮騷》中寫道：『人生就像一場潮汐，起起伏伏，永不停歇。』所以婚姻生活，定必充滿驚濤駭浪！以上一句是我老婆要我唸的。以下一句，才是我真心要說的，等等，讓我拖小黑上來，讓我們站在一起，才可以說的。Okay，這一句就是『Once You Go Black, You Never Go Back. I love you, my Little Black』。」

就在大家都為新人喝彩、吶喊之時，遠處有一位手執一張撲克大小卡紙的美少年，那黑卡背上印著一個紅色橢圓形，橢圓形上印有「EXCHANGE」字樣，而正面則只有一個固網電話號碼。

「我爸什麼都有，我還會怕要交換什麼嗎？」梓晴喃喃自語地離去。

（1・完）